Advent, Advent auf Seite 122

mit Evelyn Hamann, Gerd Baltus, Fabian Harloff

und Chiara Schoras

Auf und ab auf Seite 44 mit Evelyn Hamann, Friedrich von Thun, Max Herbrechter und Nicola Tiggeler

Alle Jahre wieder auf Seite 9 mit Evelyn Hamann, Ines Minnich, Karl Heinz von Hassel und Clemens Gerhardt

Endlich Urlaub **auf Seite 74**

mit Evelyn Hamann, Chiara Schoras, Fabian Harloff und Gerd Baltus

Ab nach Rio **auf Seite 107**

mit Evelyn Hamann und Dietrich Mattausch

Der Sonntagsausflug auf Seite 27

mit Evelyn Hamann und Heinz Rennhack

Mensch, Mutter auf Seite 59

mit Evelyn Hamann und Gerit Kling

Der Wasserhahn **auf Seite 91**

auf Seite 91

mit Evelyn Hamann und Karl Heinz von Hassel ...

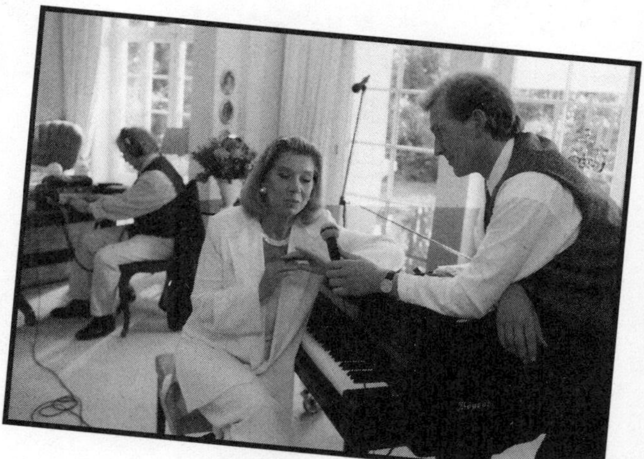

... und mit Reinhard Krökel und Gerd Gerdes

Frohes Fest auf Seite 140

mit Evelyn Hamann und Diether Krebs

Evelyn Hamanns

Geschichten aus dem Leben

Alle Jahre wieder

Erzählt von Ingolf Behrens

WUNDERLICH
TASCHENBUCH

Präsentiert von:

Originalausgabe
Veröffentlicht im Rowohlt Taschenbuch Verlag GmbH,
Reinbek bei Hamburg, Dezember 1998

Der Text dieses Buches beruht auf Drehbüchern der von
Aspekt Telefilm für das ZDF produzierten gleichnamigen Filme
(Näheres siehe am Ende des Buches)
«Evelyn Hamanns Geschichten aus dem Leben»

Redaktion Sybil Volks
Umschlaggestaltung Cordula Schmidt (Foto: Fred Dott)
Satz Minion PostScript, PageOne
Gesamtherstellung Clausen & Bosse, Leck
Printed in Germany
ISBN 3 499 26118 9

Alle Jahre wieder

So richtig geschneit hatte es auch in diesem Jahr nicht. Aber wenigstens bedeckte eine gräuliche Schneematschkruste die Straßen. Eigentlich verlor Weihnachten jedes Jahr ein wenig mehr von seinem Flair. Annette stand in der Küche und wusch die Gans, die ihr Mann beim Skatturnier gewonnen hatte. Als nächstes mußte die Gans gefüllt werden.

«Heinrich ...!» rief Annette und wusch sich die Finger ab. Der Geruch nach frischen Zwiebeln hielt der Seife stand.

«Heinrich!» rief Annette noch mal. Ein zaghaftes Brummen war die Antwort aus dem Wohnzimmer. Natürlich hatte Heinrich es sich schon wieder gemütlich gemacht. Umringt von seinen Pfeifenutensilien, die Füße hoch auf den Couchtisch gelegt, hing er mehr als daß er saß in seinem Lieblingssessel. Berieselt von besinnlicher Weihnachtsmusik aus der Stereoanlage, rauchte er eine Pfeife, deren Virginia-Navy-Cut-Aroma in unsichtbaren Schwaden bis in die Küche kroch, und las seine Zeitung.

«Heinrich! Nun komm doch mal eben!» forderte Annette eine Spur energischer.

«Was ist denn?» fragte Heinrich, als er endlich in seinen Filzschuhen in die Küche geschlurft kam.

«Du mußt hier mal den Finger draufhalten», erklärte sie.

«Was? Mmh, die sieht ja toll aus», sagte Heinrich mit einem Blick auf die Gans.

«Ja, ja.» Jetzt war nicht die Zeit, ihr unfertiges Meisterwerk zu bewundern. Die Gans lag gut gestopft auf der Arbeitsplatte des Eßtisches und wollte verschlossen werden.

«Was ist denn das für eine Füllung?» wollte Heinrich neugierig wissen.

Annette war mit dem Knoten beschäftigt. «Ach, Zwiebel, Äpfel, Majoran ... das Übliche eben. Halt doch mal richtig fest!»

«Ich kann nicht sehen, wo du den Knoten machst.»

«Kein Wunder mit der Pfeife im Mund. Jetzt stell dich nicht so an, und drück hier drauf!»

«Da sind deine Finger im Weg.»

«Irgendwo muß ich sie ja lassen.»

«Au!» fluchte Heinrich leise, als Annette seinen Finger einklemmte.

«Entschuldigung. So, jetzt sitzt es aber», stellte Annette zufrieden fest und wischte sich die feuchten Finger an der geblümten Küchenschürze ab. «Eigentlich eine dumme Idee, diese Gans.»

«Wieso denn? Eine Weihnachtsgans ist doch wohl das mindeste.»

«Eine Gans gibt's an den Feiertagen, nicht Heiligabend! Da macht man was Schnelles, ohne viel Finessen. Kartoffelsalat und Würstchen zum Beispiel», erklärte Annette kategorisch.

«Wenn man normal feiert. Aber wo wir schon auf die Bescherung, die Plätzchen und den ganzen üblichen Weihnachtsstreß verzichten, ist die Gans doch nur ein bescheidener Tribut.»

«Hast ja recht, aber so ’ne Gans …», seufzte Annette.

Bevor sich daraus eine längere Diskussion entwickeln konnte, wurde die Küchentür aufgerissen. Mit nassen Pfoten zog ihr zotteliger Bobtail Billy eine dunkle Spur quer über den frisch geputzten Boden. Der Hund steuerte geradewegs auf die verlockend riechende Gans zu. Annette wollte gerade etwas sagen, als auch Inga und Nils ihre Matschfährte auf die weißen Fliesen setzten.

«Hi, Mam, hi, Paps», begrüßte Inga ihre Eltern. Nils sagte nur beiläufig «Hallo» und holte sich eine Dose Cola aus dem Eisschrank. Jetzt war es ohnehin zu spät, die Schuhe auszuziehen. Annette begutachtete enttäuscht die Profilabdrücke der Winterschuhe ihrer Kinder.

«Mann, da war was los in der Stadt! Die sind alle wie bekloppt. Der reinste Konsumterror!» erklärte Nils amüsiert.

«Die Leute rennen alle wie verstört herum und schleppen sich halb tot an den Geschenken … Die sind doch völlig krank», sagte Inga.

«Und solche Gesichter dabei.» Nils machte ein langes Gesicht mit halb geöffnetem Mund. Heinrich lächelte und zog genüßlich an seiner Pfeife.

«Nehmt doch wenigstens ein Glas», fuhr Annette dazwischen, als Inga ihrem Bruder die Dose aus der Hand nahm.

«Nee, nee, das geht schon. Keinen Streß an Heiligabend, das war abgemacht.» Das eine Glas zu spülen war nun wirklich nicht zuviel. Annette stellte Nils kommentarlos eins auf den Tisch, das er aber eisern ignorierte.

«Ich finde es richtig gut, daß wir dieses Jahr den Rummel nicht mitmachen.»

«Genau, diese ganze Schenkerei», stimmte Inga ihrem Bruder zu. «Das ist doch Wahnsinn. In der Stadt waren die Busse so voll, daß die ganzen Geschenkpakete fast aus den Fenstern herausgequollen wären.»

«Mann, die waren vielleicht genervt! Und wir mittendrin, in aller Seelenruhe am Spazierengehen, das war echt geil.»

«Echt geil wäre, wenn ihr mal eure Sumpftreter ausziehen würdet bei diesem Sauwetter!» Langsam reichte es Annette. Wenn die Kinder wenigstens auf dem Fleck gestanden hätten. Aber nein, die mußten während des Erzählens noch in der ganzen Küche herumspazieren und den gesamten Dreck verteilen.

«Nee, wir müssen ja gleich wieder weg», erklärte Nils.

Inga sah die Fußspuren. «Das ist ja nur Wasser», sagte sie. «Das ist doch gleich wieder trocken.» Dann stellte sie die halbvolle Coladose neben die Gans und tippte den Vogel mit dem Finger an. «Lecker!»

«Wenigstens dem Hund hättet ihr die Pfoten abwischen können.»

«Oje, haben wir vergessen», entschuldigte sich Inga und öffnete den Deckel von dem großen Topf auf dem Herd. «Igitt, das ist ja Grünkohl!»

«Zur Gans ißt man doch Grünkohl», verteidigte Heinrich das Menü seiner Frau.

«Oder Rotkohl», sagte Inga merklich enttäuscht. «Grünkohl mag ich nicht, der stinkt.»

«Gut, dann mach ich auch noch Rotkohl.» Dafür, daß sie Weihnachten nicht feiern wollten, machten die Kinder ihr reichlich viel Arbeit, fand Annette.

«Danke, Mami, das ist lieb!»

Dann verabschiedeten sich die Kinder schon wieder, um

ihrem Freund Mike beim Aufräumen zu helfen. Schließlich mußte es dort einigermaßen aussehen, wenn seine Eltern aus München kamen, um ihn abzuholen. Zu guter Letzt stellte sich auch noch heraus, daß Mike keinen Staubsauger hatte, und deshalb nahmen sie Annettes mit. Warum ihre Kinder bei fremden Leuten saubermachen gingen, aber hier einen solchen Saustall hinterließen, war Annette völlig schleierhaft. Sie schüttete den Rest der Dose in den Ausguß und versenkte sie im Mülleimer.

«Na, dann können wir jetzt wohl in Ruhe das Fest begehen.» Heinrich legte den Arm um seine Frau. «Keine Verpflichtungen mehr für heute. Weißt du, wenn die Kinder nach dem Essen wieder abgeschwirrt sind, machen wir es uns richtig gemütlich, ja? ... Ein bißchen Musik, ein bißchen Kuscheln ...»

Annette erwiderte seinen Kuß und befreite sich aus der Umarmung. Sie holte den Feudel aus dem Küchenkabuff.

«Sehr gerne. Aber warum die Kinder ausgerechnet Heiligabend auf eine Party gehen müssen, verstehe ich immer noch nicht.»

«Andere Zeiten, andere Sitten. ‹Christmas Pop Dance›, das ist heute so. Ich finde das gar nicht so schlecht. Und wo wir doch sowieso nicht richtig feiern ... da haben wir wenigstens heute abend unsere Ruhe», philosophierte Heinrich. Wenigstens gedanklich begleitete er ihr Putzen.

«Mmh. Kann ich dir bei irgend etwas helfen?» fragte er, als Annette den Feudel wieder in der Kammer plazierte. Annette kannte diesen Tonfall genau. Nicht, daß er es nicht auf seine Art ernst gemeint hätte. Aber in Gedanken war er schon wieder bei seiner Zeitung.

«Nee, laß man, ich komm schon klar», sagte sie, und Heinrich war bereits auf dem Weg zurück ins Wohnzimmer.

Rotkohl. Annette suchte das Tiefkühlfach ab. Brokkoli, Spinat, Fischstäbchen. Alles mögliche lag fein säuberlich sortiert in den Schubfächern, nur kein Rotkohl. Typisch!

«Heinrich!»

«Ja, Schatz!»

Annette verzichtete auf einen zweiten Versuch, ihn aus seinem Sessel zu locken, und ging gleich hinüber ins Wohnzimmer.

«Der Rotkohl ist alle. Der Supermarkt gegenüber hat aber noch auf.»

«Ja?» sagte Heinrich, und Annette sah deutlich das Fragezeichen in seinem Gesicht. «Ach so!» Der Groschen fiel pfennigweise. «Soll ich ...?»

«Ja, bitte», sagte Annette ungeduldig.

«Gut.» Umständlich faltete Heinrich seine Zeitung zusammen und stand bedächtig auf.

«Die großen Gefriertruhen sind ganz hinten. Da mußt du mal schauen.»

«Aha, und wo sind die Truhen?»

«Ganz hinten. Wenn du reinkommst, ganz hinten durch», wiederholte Annette drängelnd.

«Auf der Seite, wo die Kassen sind?»

War dieser Mann denn noch nie in einem Supermarkt gewesen? Seit wann waren die Kassen hinten? «Nee, die sind doch vorne, mein Gott. Du mußt nach hinten, da, wo die Fleischtheke ist.» Heinrich suchte penibel nach einem Paar passender Schuhe.

«Wo ist denn da eine Fleischtheke?» fragte er ganz ernst und richtete sich auf.

«Ganz hinten rechts.» Annette bewunderte die Akribie

und die Ruhe, mit der Heinrich endlich den ersten Schuh anzog.

«'ne Fleischtheke? Hab ich da noch nie gesehen.»

«Komm, laß, ich lauf schnell selbst», beendete Annette seine Überlegungen. Ruck, zuck war sie in den zweiten Fellstiefel geschlüpft, griff nach ihrem Mantel und machte sich auf den Weg.

«Aber ich hätte doch gern ...», murmelte Heinrich, als sie schon zur Tür rausfegte.

Bis Heinrich das kapiert hätte, wäre der Supermarkt geschlossen gewesen. Natürlich hielt Heinrich schon wieder genüßlich seinen Sessel warm, als Annette zurückkam. Inzwischen mußte er die Zeitung doch wohl auswendig kennen.

«Hast du alles gekriegt?» fragte Heinrich teilnahmsvoll, als er hörte, daß seine Frau zurück war. Annette antwortete nicht. Deshalb tauchte Heinrich kurz darauf in der Küchentür auf.

«Bist du sauer?» fragte er. «Ich wäre doch gegangen ...»

«Ach ne, aber da war eine riesige Schlange vor der Kasse und ... die anderen waren alle so genervt», sagte Annette versöhnlich.

«Das tut mir leid.»

«Schon gut, aber vielleicht könntest du jetzt wenigstens den Baum aufstellen und schmücken?»

«Bin schon unterwegs», sagte Heinrich mit ungewohntem Elan in der Stimme. Annette sah ihm ungläubig nach. Aber er bewegte sich tatsächlich bereits. Sie schob endlich die Gans in den Ofen und bereitete den Rotkohl vor. Vielleicht würde sie nun endlich zur Ruhe kommen. Das Klirren im oberen Stock belehrte sie schnell eines Besseren. Heinrich hatte die Vase von der Kommode gestoßen, als er den Baum vom Balkon holen wollte. Aber damit nicht genug. Er hatte den Baum auch noch ohne Unterlage auf dem Teppich abgelegt.

«Herrgott, der nadelt mir doch alles voll», fuhr Annette ihren Mann an, als sie die Bescherung sah. «Und dann das Harz, das versaut uns den ganzen Teppich.»

Heinrich untersuchte den Baumstumpf. Sie hatte recht. Seine Hände waren bereits ganz klebrig.

«Leg etwas drunter!» forderte sie ihren ratlos dreinschauenden Mann auf. Heinrich sah sich fragend um. Schnell hatte Annette eine alte Decke aus dem Flurschrank geholt und ihm hingeworfen. Im Moment hatte sie wirklich anderes zu tun. Mit dem Baum mußte er schon selber fertig werden.

Annette machte sich wieder an die Zwiebeln. Ja, das war mal ein Weihnachten ohne den üblichen Streß, dachte sie und schüttelte den Kopf.

Als nächstes fand Heinrich die Schere nicht. Dabei war sie dort, wo sie immer zu liegen pflegte. In der zweiten Schublade von rechts. Annette beschloß, sich jetzt einfach nicht mehr aus der Ruhe bringen zu lassen. Sie würde hier in der Küche sitzen bleiben und stur ihr Essen zubereiten.

Es verging nicht gerade eine Ewigkeit, bis Heinrich wieder hinter ihr in der Küche auftauchte.

«Da habt ihr euch ja einen schönen Dreck andrehen lassen!» knurrte er.

«Was denn?»

«Guck dir das doch mal an. Ein toller Baum, wirklich!»

Obwohl sie eigentlich nicht wollte, trabte sie brav hinter ihm her ins Wohnzimmer. Um des lieben Friedens willen.

«Dreh ihn mal ein Stück», forderte sie Heinrich auf. Von

dieser Seite war der Baum tatsächlich keine Schönheit. «Tja, beim Händler sah er besser aus», sagte sie, als sich die Kehrseite des Baumes als noch katastrophaler herausstellte.

«Bestimmt», spottete Heinrich. «Das ganze dürre, vertrocknete Zeug da, das hast du nicht gesehen? Und dann ist er noch viel zu hoch.»

«Dann säg ein Stück ab. Herrgott! Und knips die trockenen Zweige heraus. Da läßt sich doch jetzt nichts mehr dran ändern. Die Säge ist in der Kammer mit dem Werkzeug», kam sie seiner nächsten Frage zuvor.

Das war nie im Leben der Baum, den Annette sich ausgesucht hatte. Das war nicht mal eine Nordmanntanne. Die hatten sie beschissen, jede Wette. Sie wollte das Heinrich erklären, aber der war schon dabei, energisch an dem Baum herumzusägen.

«Wenn man euch schon mal losschickt ...», nörgelte Heinrich, untermalt vom Geräusch der Säge.

«Du hättest es ja besser machen können. Hättest du ihn doch bloß geholt!»

«Ich?» grunzte Heinrich. «Ich wollte gar keinen Tannenbaum. Du hast doch darauf bestanden!»

«Ich? Die Kinder wollten ihn, ... Inga ...», verteidigte sich Annette.

«Ach ja? Und dann muß entgegen der Abmachung einer gekauft werden!»

«Die Gans gibt es ja auch. Und die wolltest du!»

«Die gehört ja auch irgendwie dazu!»

«Ach, und der Baum nicht?»

Heinrich sah seine Frau betrübt an. Allmählich beruhigte er sich wieder. «Irgendwo muß man ja schließlich die Grenze ziehen, wenn man Weihnachten nicht feiern will», sagte er versöhnlich.

«Aber die mußt nicht du bestimmen!» sagte Annette und machte auf dem Absatz kehrt. Der Braten wollte begossen werden, und mit den Zwiebeln für den Rotkohl war sie immer noch nicht zu Rande gekommen.

«Wo ist die Heckenschere», rief Heinrich ihr nach.

«In der Kammer unter den Balkonkästen», schrie Annette. Sie hätte platzen können vor Wut. Fast wären die kleinen Fenster aus der Küchentür gesprungen, mit solcher Wucht hatte sie sie zugeschlagen. Wahrscheinlich waren es aber die Zwiebeln, die ihr die Tränen in die Augen trieben. Sie nahm ein Küchenkrepp und schneuzte sich.

«Wo ist der Christbaumständer?» fragte Heinrich durch die Küchentür.

«Herrgott! Nun such doch mal selber! Wahrscheinlich in der Kammer ...»

Annette schmiß das Papiertuch in den Müll. Die Zwiebeln mußten gedünstet werden, bevor Heinrich gleich wieder mit irgend etwas ankam.

«Der Ständer ist hin. Kaputt.»

«Was? O nein ...»

«Was machen wir jetzt?» fragte Heinrich ratlos.

«Verdammt noch mal, besorg einen neuen! Aber beeil dich, die Läden schließen jeden Moment.»

«Wo gibt's denn so was?»

«In der Eisenwarenhandlung?» fragte Annette spitz.

«Ja, doch!»

Glücklicherweise sah er nicht mehr, wie tief Annette durchatmete.

Evelyn Hamann

Ines Minnich, Karl Heinz von Hassel,
Evelyn Hamann, Clemens Gerhardt

«Und wenn da zu ist?» rief er aus dem Flur.

«Wenn du weiter so dämlich fragst, dann ist da ganz sicher zu!»

«Gut, gut.»

Daß Weihnachtsmusik beruhigend wirkte, stimmte auch nicht immer. Das Glöckchengebimmel aus dem Radio ging Annette nur noch auf die Nerven. Der Topf auf dem Herd begann zu qualmen. Sie zog ihn hastig von der Platte. Unverdrossen zwitscherten die Schöneberger Sängerknaben ihre besinnliche Fröhlichkeit in den Küchendunst. Annette schaltete das Radio ab. Aber es wurde lediglich etwas leiser, weil die Stereoanlage im Wohnzimmer unvermindert weiterplärrte. Wenigstens kamen in diesem Moment die Kinder wieder. Und mit ihnen der Staubsauger. Das Schlafzimmer war noch voller Tannennadeln, und im Wohnzimmer lagen überall Sägespäne verstreut.

«Das war vielleicht knapp», erzählte Inga fröhlich. «Wir waren gerade fertig, als Mikes Eltern kamen.»

«Ja, ja», sagte Annette ohne Interesse. «Aber wo ist der Staubsauger?»

Die Kinder sahen sich mit einem Blick an, der nichts Gutes verhieß.

«Den haben wir dagelassen.»

«Was?»

«Na ja, Mike hatte letztes Jahr von seinen Eltern 300 Mark für einen Staubsauger gekriegt, und die sind irgendwie für etwas anderes verbraucht worden.»

«Und da konnten wir doch schlecht vor den Augen der Eltern mit dem Staubsauger aus der Wohnung gehen», vollendete Nils die Katastrophennachricht.

«Sagt mal, seid ihr noch zu retten, ihr beiden? Unseren Staubsauger …? Da faß ich mir doch an den Kopf. Ihr holt ihn zurück, sofort. Und keine Diskussion!»

Das hätte reichen sollen, um ihre Kinder augenblicklich in Bewegung zu versetzen. Aber das tat es nicht.

«Mike ist ja gleich mit seinen Eltern nach Hause gefahren», erklärte Inga betroffen.

«Aber er kommt erst in drei Tagen wieder, dann …»

«Gut, gut.» Annette atmete dreimal tief durch und zählte bis zehn. «Dann geht ihr jetzt ins Wohnzimmer und seht zu, wie ihr die Schweinerei da beseitigt. Euer Vater hat nämlich den Baum zurechtgesägt», erklärte Annette und widmete sich wieder dem Rotkohl.

Nils machte sich laut schimpfend daran, die Bescherung im Wohnzimmer notdürftig mit einem Kehrblech zu beseitigen. Als wenn er damit irgend etwas ausrichten könnte. Na ja, wenigstens war da guter Wille zu sehen.

Der Ständer, den Heinrich wenig später anschleppte, paßte natürlich nicht. Also mußte der Baum nochmals gekürzt werden.

«Nein! Diesmal legst du aber was drunter», hörte Annette ihren Sohn schreien, als Heinrich sich wieder an dem Baum zu schaffen machte. «Hoffentlich läßt er noch ein bißchen Baum zum Schmücken übrig», grunzte Annette leise, während sie bedächtig weiter in dem Rotkohl herumrührte. So ein Weihnachten ohne Streß konnte ganz schön anstrengend werden.

«Mach nicht soviel Späne!» forderte Nils seinen Vater gereizt auf. «Das dauert ewig, bis ich die wieder wegkriege.»

«Warum nimmst du nicht den Staubsauger, Schlauberger!» fauchte Heinrich zurück.

Annette legte den Kochlöffel beiseite. Sie wollte den Ausgang dieser kleinen Auseinandersetzung gar nicht miterleben. Schnell legte sie ihre Schürze ab und ging hinauf zu Frau Gollwitzer, um sich ihren Staubsauger auszuleihen.

«Ist das alles», rief sie entsetzt, als sie mit dem Staubsauger in der Hand vor dem Weihnachtsbaum stand. «Ist das alles, was von dem Baum übriggeblieben ist? Das ist ja nicht mal mehr die Hälfte?»

«Na, ich hab mir diesen Schrott doch nicht andrehen lassen», verteidigte sich Heinrich beleidigt.

«Wo ist Nils?» fragte Annette und ging nicht weiter auf den Zustand des Baumes ein.

«Wenn der erst einmal geschmückt ist, ... was?»

«Ich habe gefragt, wo Nils ist.»

«Die Kinder sind oben und machen sich zurecht für ihre Party!»

«Ach ja! Na dann mußt du wohl für Ordnung sorgen. Hier!» Annette stellte den Staubsauger heftig vor seinen Füßen ab und ging hinauf, um nach den Kindern zu sehen.

«Was habt ihr vor?» fragte Annette, als sie ihre Kinder zurechtgemacht im Flur traf.

«Wir gehen schon jetzt zu der Party», sagte Inga.

«Und die Gans!»

«Ach, da gibt's bestimmt jede Menge zu essen», erwiderte Nils.

«Und der Rotkohl!»

«Ach, ich habe im Moment eigentlich gar keinen Appetit», sagte Inga und zupfte sich zwei lose Pailletten von dem Ärmel ihres Kleides.

«Du bist doch nicht böse, Mami, oder?»

Annette schüttelte den Kopf.

«Wir hatten ja auch abgemacht, daß es dieses Jahr keinen Streß gibt und daß wir zu dieser Party gehen.»

«Ich wußte nur nicht, daß die so früh anfängt», sagte Annette und sah den ausfliegenden Kindern nach. Sie hatte das Gefühl, daß sie später gegangen wären, wenn der Weihnachtsbaum nicht so elend klein gewesen wäre.

Heinrich stellte den Staubsauger am Fuß der Treppe ab.

«Wo willst du hin?» fragte sie Heinrich, als der seine Jacke anzog.

«Ich brauche ein bißchen frische Luft. Ein kleiner Rundgang. Nur ein bißchen frische Luft!» Das hörte sich aber mehr so an wie jemand, der nach dem Zigarettenholen für immer verschwand.

Annette setzte sich auf die Stufen. Überall im Haus dudelte diese ‹O du fröhliche›-Weihnachtsmusik.

«Also so ist das», brummte sie und raffte sich wieder auf. «Weihnachten ohne Streß heißt Weihnachten allein!»

Alles Jammern machte es nicht besser. Sie brachte Frau Gollwitzer den Staubsauger zurück. Dann holte sie sich eine Flasche Rotwein aus der Vorratskammer und prostete ihrer Gans zu.

«Ihr könnt mich mal, ganz ehrlich!» Sie nahm die Flasche mit hinauf ins Schlafzimmer. Auf dem Bett machte sie es sich einigermaßen gemütlich und zappte mit der Fernbedienung durch alle Programme. Alles mit Weihnachtsmusik wurde sofort ausgeblendet. Allzu besinnliches Familienglück hielt ebenfalls nur wenige Minuten stand. Da waren aber noch die blutigen Horrorfilme, die weniger zimperliche Sender an Heiligabend für angehende Soziopathen brachten. Eigentlich hätte sie gerne den «Angriff der Monstergänse» gesehen, aber nach wenigen Minuten blieb sie doch bei «Der kleine Lord» hängen.

Ihre Laune hatte sich noch längst nicht gebessert, als Heinrich in der Schlafzimmertür auftauchte.

«Was ist mit der Gans? Die verbrennt doch.»

Annette zuckte mit den Achseln. «Wenn du dich nicht darum kümmerst?»

«Ist was?» fragte ihr geliebter Blitzmerker.

«Ich habe keine Lust mehr auf Weihnachten.»

«Und das Essen? Ich dachte, wir beide würden wenigstens ...»

«Sehr lieb gedacht, aber mit uns beiden läuft heute gar nichts mehr. Kein Baum, kein Essen. Ist besser, wenn du heute auf der Couch schläfst. Ich brauche wohl den ganzen Platz im Bett für meine Depression.»

Heinrich haßte Streitereien. Auch jetzt zog er wie immer mit hängenden Schultern ab und ließ Annette in Ruhe. Er wußte, daß es keinen Zweck hatte, darüber eine Diskussion anzufangen.

Mit dem Ende des kleinen Lords und der Flasche Rotwein kamen die Tränen. Wenn der Abend weiter so verlaufen würde, wäre es wohl ratsam, sich ein Päckchen Tempos von unten zu holen. Und vielleicht noch eine Flasche Wein?

Heinrich war in der Küche. Er hatte tatsächlich die Gans fertiggebraten und den Rotkohl gekocht. Seit wann konnte er Rotkohl zubereiten? Na ja, der mußte eigentlich nur umgerührt und rechtzeitig vom Feuer genommen werden.

«Ich brauche Taschentücher», erklärte Annette.

«Warte, ich gebe sie dir!» Heinrich stand unschlüssig vor dem Küchenschrank. «Äh ... wo sind die?»

Annette mußte lachen. «Oben rechts.» So war Heinrich eben. Ihr Blick blieb an der krossen Gans hängen, die wohl schon kalt sein mußte.

«Ich geh dir manchmal ganz schön auf den Wecker, was?» stellte Heinrich fest.

Annette schüttelte den Kopf. «Manchmal fragst du zuviel, das ist alles.» Dann gab sie ihrem plötzlichen Hungergefühl nach und knibbelte sich ein Stück von der Gans ab.

«Noch können wir den Abend retten!» deutete Heinrich zaghaft an.

«Hunger hätte ich ja schon», sagte Annette schelmisch.

«Setz dich ins Wohnzimmer, ich hole die Teller und bringe alles rüber.»

Annette grinste versöhnt und nahm die Gans doch lieber selber mit. Heinrich fing sie ab und umarmte sie. «Ach, Schatz!» Dann küßte er sie und suchte nach den Tellern.

«Unten links.»

Annette war sprachlos. Heinrich hatte den Baum trotz allem noch geschmückt. Überall waren Kugeln und Lametta aufgehängt. Sogar die silberne Spitze von Tante Emmi hatte er irgendwie festgekriegt.

«Danke!» sagte Annette, als Heinrich den Tisch deckte.

«Fröhliche Weihnachten», prosteten sie sich mit einem schwer verdienten Schlückchen Sekt zu. Dann machten sie sich über die kalte Gans her.

Verwundert bemerkten sie, daß ihre Kinder schon früher als erwartet wieder nach Hause zurückkehrten. Nils und Inga gesellten sich rasch zu ihren Eltern und machten sich ebenfalls an dem Gänsebraten zu schaffen.

«Was ist los? Warum seid ihr denn so früh zurück?»

«Party!» stöhnte Inga. «Die Hälfte der Leute war schon deprimiert, als sie ankam, und die andere Hälfte war es spätestens, nachdem sie ‹Der kleine Lord› im Fernsehen gesehen hatte.»

«Das war schlimmer als ein Weihnachten zu Hause. Die haben die ganze Zeit über geflennt.»

«Was hast du vor?» wollte Heinrich wissen.

«Wenn er schon mal dasteht, können wir ihn auch anzünden!» sagte Nils.

«Das ist unfair!» behauptete Inga.

«Was?!» fragte Nils verständnislos und bemerkte, daß seine Mutter aufgestanden war.

Annette hatte aus dem Wohnzimmerschrank eine Tüte geholt. «Ach, jetzt stellt euch nicht so an. Das sind doch nur Winzigkeiten, viel zu schade für das teure Geschenkpapier. Ein Paar Handschuhe für Inga und warme Socken für die Männer. Die hätte ich sowieso gekauft. Ich hab sie halt nur bunt einpakken lassen.»

«Das lassen wir durchgehen!» erklärte Nils fröhlich. «Aber nächstes Jahr machen wir Weihnachten wieder den üblichen Streß, aber richtig! So mit allem Drum und Dran.»

«Genau», sagte Inga. «Dann weiß man wenigstens, warum man heult.»

Annette war glücklich. Ausgerechnet Inga und Nils fingen auf einmal an zu singen: «Alle Jahre wieder».

Der Sonntagsausflug

Der übliche Dienstagmorgen, wie fast jeder Morgen der Woche auch, bestand für Luise darin, den Kindern das Frühstück zu bereiten und dafür zu sorgen, daß sie rechtzeitig zur Schule kamen. Die Jungen protestierten lautstark, weil ihre Schwester das Badezimmer stundenlang besetzte und sich schminkte, als hätte sie heute Filmaufnahmen vor sich.

«Macht nicht so einen Krach! Euer Vater schläft noch, der ist die ganze Nacht gefahren!» wies Luise die Kinder erfolglos an.

Die Gören nahmen aber auch keinerlei Rücksicht. Sie wußten doch, daß ihr Vater seinen Schlaf brauchte, nachdem er die ganze Nacht gearbeitet hatte. Luise schob Mario, ihrem Jüngsten, ein fertiges Brot hin.

«Ich habe aber keinen Hunger», jammerte Mario.

«Iß!» befahl Luise, ließ Mario in der Küche zurück und sah nach den anderen Kindern. «Haltet euch mal ein bißchen ran. Ihr müßt in die Schule.»

«Sag das mal Iris.»

Marco wollte schon mit der Faust gegen die Badezimmertür schlagen. Aber als er den Blick seiner Mutter sah, ließ er sie sinken.

«Iris!» flüsterte Luise mit einem drohenden Unterton. Es kam keine Antwort, aber die Tür wurde aufgeschlossen.

«Du siehst aus, als hättest du eine Malerpalette im Gesicht», bemerkte Marco gehässig und war im nächsten Moment im Bad verschwunden.

Luise seufzte erleichtert und machte sich wieder daran, die Pausenbrote zu schmieren. Eine Viertelstunde später kehrte mit einem Schlag Ruhe ein. Die Kinder waren in der Schule. Endlich Zeit, die Wohnung in Ordnung zu bringen. In einer Stunde würde Klaus aufstehen, dann war es Zeit für sein Frühstück.

Der Tisch war schnell abgeräumt. Der leere Milchkarton paßte gerade noch in den Eimer. Wieviel Müll so eine fünfköpfige Familie produzierte? Eigentlich hätte Iris wenigstens den Beutel mit runternehmen können. Entschlossen griff sich Luise den Sack. Das Wichtigste bei der Hausarbeit war, Prioritäten zu setzen. Unten vor dem Haus traf sie Frau Sommer. Jetzt nur nicht auf einen langen Schwatz einlassen! Luise grüßte freundlich und öffnete eine der Tonnen.

«Ach, schau'n Sie mal, Frau Vehring. Ist das nicht schön?»

Frau Sommer hielt ihr einige Bilder vor die Nase.

«Was ist das?»

«Brunsbüttel! Kennen Sie nicht? Och, da müssen Sie aber mal gewesen sein. Und hier: Das ist der kleine Ausflugsdampfer. Schick, nicht?! Mit dem sind wir da hingeschippert.»

Luise wischte sich die Hände sorgfältig an der Schürze ab und griff nach den Bildern. Was diese Sommer da wieder erzählte?

«Die Eulalia. Damit sind wir runter über Glückstadt bis Brunsbüttel und zurück. Nur so einen Sonntag lang. Gemütlich, sag ich Ihnen. Richtig schön!»

«Ja», sagte Luise verzückt. «Aber was so was kostet?»

«Ach was denn, zwanzig Mark pro Nase. Ab fünf Personen gibt's Gruppenrabatt.»

«Gruppenrabatt. Ab fünf?»

«Ja, wir sind mit den Tietjiens gefahren. Sie wissen doch, von drüben vom Bäcker. Da wo der Mann ...»

«Und das kann man jederzeit ... einfach so?» unterbrach Luise schnell, bevor die Sommer ihr die gesamte Lebensgeschichte der Tietjiens auftischen konnte.

«Ist doch nur, daß man mal rauskommt. Sonst liegt mein Alter doch eh den ganzen Tag auf der Couch und schaut in die Glotze.»

«Meiner auch.»

«Hier», rief Frau Sommer entrückt und kramte in ihrer Handtasche. «Da haben Sie aber Glück, hier ist noch der Prospekt.»

«Danke. Eine Überlegung wäre das schon.» Sie wischte sich mechanisch die Finger an ihrer Schürze ab und nahm den Prospekt.

«Ach, ist doch auch herrlich. So einen Tag mit der ganzen Familie. Und dann auf dem Dampfer ...»

Luise hatte weiß Gott genug zu tun. Sie bedankte sich noch mal und machte sich wieder an die Hausarbeit. Der Prospekt lag auf dem Küchentisch, wo ihn Klaus fand, als er seinen ersten Kaffee schlürfte.

«Was ist das?» fragte er.

Luise wollte ihm von Frau Sommers Kurzurlaub mit den Tietjiens erzählen, aber plötzlich entschied sie sich anders. «Damit machen wir einen Ausflug. Am nächsten Sonntag», sagte sie bestimmt.

«Hast du das entschieden?» fragte Klaus und kratzte sich nachdenklich an den Bartstoppeln.

«Ja!» sagte Luise energisch und stellte glücklich fest, daß sich keinerlei ernstzunehmender Widerstand regte.

Die ganze Woche über hatte sich Luise auf den Ausflug gefreut. Argwöhnisch verfolgte sie den Wetterbericht und war froh, daß er unrecht behalten hatte. Am Samstag war der Himmel klar und Regen eher unwahrscheinlich. Die Vorbereitungen für das Picknick hatte sie mit aller Akribie bestritten. Nudelsalat, Plastikgeschirr, Kartoffelsalat, Buletten, kalte Schnitzel, Servietten, Würstchen, Käse, Dosenbier und Cola für die Kinder. Die Kühltasche ließ sich nur noch mit Mühe schließen. Ihr wurde klar, daß sie wahrscheinlich ein wenig übertrieben hatte.

Bei den anderen Familienmitgliedern wollte keine rechte Begeisterung aufkommen. Klaus schraubte lustlos das Taxischild vom Dach. Die Kinder hatten keine Eile, die Decken zusammenzulegen und ins Auto zu legen. Und Iris war kaum ansprechbar, weil sie ihren Walkman viel zu laut eingestellt hatte. Aber Luise ließ sich nicht unterkriegen. Ihre Laune stieg mit jedem Stück Gepäck, das sie im Kofferraum verschwinden sah.

«Dampferfahrt! Wer hat sich diesen Blödsinn wohl ausgedacht», maulte Mario und stopfte eine Decke zwischen Kühltasche und Picknickkorb.

«Maul hier nicht rum», wies Klaus ihn zurecht. «Eure Mutter wollte das, und dann machen wir das eben mal.»

Klaus wollte das Taxischild im Kofferraum verstauen. «Großer Gott, man könnte denken, wir machen 'ne Kreuzfahrt», zischte er leise. «Was sollen wir bloß mit dem ganzen Zeugs?» fragte er laut.

«Wenn sich mal jemand hinlegen will, brauchen wir eine Decke. Und was essen wollen wir doch wohl auch. Schließlich sind wir den ganzen Tag unterwegs.»

«Den ganzen Tag! Das hätte ich wissen sollen.»

«Nun sei doch bitte nicht so schlecht gelaunt.»

«Ich bin nicht schlecht gelaunt. Ich bin nur etwas müde», wiegelte Klaus ab.

«Dann hättest du gestern abend eben etwas früher Schluß machen sollen.»

«Ich fahr nicht zum Spaß Taxi, sondern um unser täglich Brot zu verdienen. Und natürlich auch diese Kreuzfahrt.»

Endlich saßen alle im Auto, und die Reise konnte losgehen. Doch Marco hatte seinen Gameboy vergessen und wollte unbedingt zurück, um ihn zu holen. Wenn sie das Schiff nicht verpassen wollten, blieb dafür keine Zeit.

Klaus sah im Rückspiegel, wie Mario seinen Gameboy hin und her schwang und dabei breit grinste.

«Mario hat eben seinen Kopf zum Denken benutzt. Jetzt ist es zu spät.»

«Mann …!» knurrte Marco und starrte seinen Bruder grimmig an.

«Da ist es! Die Eulalia. Seht ihr!» rief Luise begeistert, als sie nach kurzer Fahrt die Sachen ausgeladen hatten und schwer bepackt den Anleger der Landungsbrücken heruntermarschierten. Die anderen schauten kaum hin. Viel zu sehen gab es wirklich nicht. Das kleine Schiff mit den flachen Aufbauten ragte nur knapp über die Kaimauer.

«Was für ’ne Nußschale!»

«Hätte ruhig schon weg sein können.»

«Nun hört aber auf», ermahnte Klaus die Kinder.

«Wollt ihr noch mit?» schrie ihnen der Kapitän entgegen.

«Ja», keuchte Luise und wuchtete die schwere Kühltasche an Bord.

«Dann aber Beeilung!» trieb der Kapitän sie an. «Heinrich, mach schon mal los!»

«Das war knapp!» freute sich Luise und zählte ihre Kinder.

«Echt knapp! Zehn Minuten später und ...»

«Wir hätten uns bei McDonald's satt essen können», ergänzte Marco. Beide schauten sich mit Bedauern an, bis Mario sich an seinen Gameboy erinnerte und ihn gutgelaunt hervorholte.

«Hör auf zu spielen! Wir suchen uns jetzt erst mal einen ruhigen Platz.»

Viel Auswahl gab es da nicht. Die Kajüte war erdrückend niedrig und nicht unbedingt groß. Ein Skatverein hielt gleich beim Eingang ein Turnier ab. Der Turnierleiter erläuterte gerade die Regeln, als die Vehrings hereinkamen.

Zwei weitere Tische waren von jungen Müttern mit drei Kleinkindern belegt, ein Tisch von einer Gruppe älterer Damen, und ganz hinten saß ein schweigsames Ehepaar. Nur die beiden Tische gleich vorne neben der Skatrunde waren noch frei.

«Ach du meine Fresse ...»

«Was hattest du denn erwartet?» fragte Iris ihren staunenden Bruder.

«Ich will ans Fenster», erklärte Mario und zwängte sich gleich durch die enge Sitzbank.

«Ich auch», rief Marco.

«Könnt ihr ja. Ich brauch nicht ans Fenster», erklärte Luise und verstaute die Sachen auf den anderen freien Plätzen.

Der Turnierleiter der Skatrunde fühlte sich in seinem Regelvortrag durch die Neuankömmlinge gestört, und der ganze Tisch warf ihnen einen genervten Blick zu.

«Entschuldigung», rief Luise, und die Skatbrüder wandten sich wieder ihrem Skat zu.

Die drei älteren Damen hatten wohl schon einen Kleinen gehoben und kicherten vergnügt. Gleich darauf fingen zwei der Kleinkinder an, sich um einen Teddy zu streiten. Und die Luft begann dick zu werden.

«Kommt, wir gehen besser an Deck!» forderte Luise die anderen auf. «Da sehen wir mehr.»

«Ich sehe genug», stellte Mario fest.

«An die frische Luft ...» Klaus hatte auch genug von der rauchgeschwängerten Atmosphäre in diesem Verschlag. Also mußten die Kinder sich fügen.

Mario und Marco veranstalteten ein Wettrennen die steile Eisentreppe hinauf. Sie liefen zum Rand des Oberdecks, bis Marco dort anschlug und «Erster!» rief.

«Hey, hey. Hier wird nicht gerannt.»

«Warum denn nicht?»

«Weil ich das sage. Und ich bin hier der Kapitän!»

Luise winkte für ihre Kinder ab.

«Der sollte lieber mal die Bänke abwischen, wenn er nichts zu tun hat», grunzte Iris und sah zu, wie ihre Mutter Papiertaschentücher herauskramte, um den gröbsten Dreck zu beseitigen.

«Ich hab's ja gleich.» Luise hatte die Bänke fix gereinigt. Sie stand da mit den Papiertaschentüchern in der Hand und wußte nicht, wohin damit.

«Daß ihr mir nix über Bord werft!» schrie der Kapitän von oben aus seinem kleinen Steuerstand hinunter.

«Klotzkopf», zischte Luise leise und stopfte die Papiertücher wieder in ihre Tasche.

«Hier stinkt's», nörgelte Iris.

«Das ist doch nur im Hafenbereich. Wird gleich besser. Aber sieh doch nur: all die großen Schiffe! Da, bei Blohm & Voss, da habe ich mal gesehen, wie sie die ‹Norway› ins Dock geschleppt haben.»

«Gott, bin ich kaputt», stöhnte Klaus.

«Dann leg dich doch ein bißchen lang.» Luise sah sich um. Das Wetter war schön geblieben. Gleich ging es die Elbe hinunter, vorbei am Lühesand, wo sie früher als Kind mit ihren Eltern zweimal gewesen war. Bald ließ Klaus ein erstes Schnarchgeräusch hören. Iris starrte stumm vor sich hin und wippte mit dem Kopf im Takt, den ihr Walkman vorgab. Die beiden Kleinen waren wieder in die Kajüte gegangen, um ihren Gameboy zu besiegen.

«Blankenese! Schau mal, wie hübsch das von hier aussieht.»

«Was?» fragte Iris und hob einen Kopfhörer an.

«Blankenese!»

«Ja, ja.»

«Ja, ja», wiederholte Luise selig und genoß die Aussicht.

Unten aus der Kabine drang Lärm. Mario und Marco stritten um den Gameboy. Luise sah nach dem Rechten und wies die Jungen zurecht. Inzwischen hatten die Skatbrüder die Kabine in undurchdringliche Rauchschwaden gehüllt. Gesund war das sicher nicht!

«Kommt doch wieder mit nach oben, an die frische Luft.»

«Nee, danke. Da ist es kalt.»

Iris hatte ein Buch hervorgeholt und las. Ein Ausflug mit der ganzen Familie. Irgendwie fühlte Luise sich allein. Endlich nahm Iris mal die Kopfhörer ab und klappte ihr Buch zu. «Wo ist denn hier die Toilette?»

«Wohl irgendwo da unten. Mußt du mal schauen.»

«He ...», grölte der Kapitän, kaum daß Iris unter Deck verschwunden war.

«Psst, mein Mann schläft!» zischte Iris.

«So geht das aber nicht.»

«Was? Er ist die ganze Nacht Taxi gefahren.»

«Aber die Schuhe! Die müssen von der Bank. Das wird doch alles dreckig», forderte der Kapitän unnachgiebig.

«Wie bitte? Dreckig? Das ist doch schon alles dreckig. Schauen Sie sich doch nur mal die anderen Bänke an.»

Der Kapitän warf von seinem Steuerhaus aus einen flüchtigen Blick auf die Sitzflächen. «Tja, das sind die Möwen.»

«Das hätten Sie aber vor der Reise auch mal saubermachen können. Ich habe zwei Päckchen Tempos verbraucht.»

«Oh, wenn Sie mal was gesagt hätten, hätte ich Ihnen einen Feudel gegeben!»

«Einen Feudel? Wenn ich hier hätte anheuern wollen, hätte ich mich beworben, ja!?»

«Nur zu, die Adresse steht auf dem Ticket.»

Klaus war nun doch aufgewacht. Bei dem Gelärme war das kein Wunder.

«Was ist denn los?» fragte er noch schlaftrunken.

«Anordnung vom Kapitän: Du sollst die Füße von der Bank nehmen», sagte Luise genervt.

Klaus warf dem Kapitän einen ungläubigen Blick zu.

«So ist es!» erklärte der Kapitän und schwoll zu voller Größe an.

«Sind wir hier im Landschulheim?» grunzte Klaus. Luise sah in seinen Augen, daß er Lust hatte, sich zu streiten. So war er manchmal, wenn man ihn zwischendurch weckte.

«Ach komm, reg dich nicht auf! Wir lassen uns doch die Laune nicht verderben.»

Iris kam hustend aus der Kajüte. Der Qualm da unten mußte schlimm sein. Schon durch die geöffnete Tür zogen die Schwaden hinaus, und Iris hatte die Augen voller Tränen.

«Ganz schön dicke Luft da unten, was?» stellte Luise mitleidig fest.

«Die haben mein Buch kaputtgemacht!» schluchzte Iris. «Diese dämlichen kleinen Gören. Ich hatte es auf den freien Tisch gelegt, und als ich vom Klo wiederkam, war die Hälfte der Seiten rausgerissen!»

Luise seufzte.

«Und dann haben die gesagt, ich sei kinderfeindlich. Nur, weil ich mein Buch wiederhaben wollte und das Kind gefragt habe, ob es noch ganz dicht sei», jammerte Luises Tochter.

«Oh, Iris. Nun beruhige dich erst mal.»

«Das war ja nicht mal mein Buch. Susanne hat es mir geliehen.»

«Komm, Iris, wir kaufen ein neues und vergessen die Geschichte einfach», versuchte Luise ihre Tochter zu trösten.

«Jetzt kann ich aber nicht mal mehr lesen. Was soll ich denn den ganzen Tag machen.»

«Na, du schaust dir die Gegend an. Darum sind wir doch hier.»

Heinz Rennback, Evelyn Hamann

Jannick Zielinski, Philipp Niedersen,
Heinz Rennhack, Evelyn Hamann

Iris warf einen schnellen Blick in die Runde. Wasser, Ufer, Häuser, Bäume. «Fertig, und nun?»

Luise lachte. Iris auch.

«Wo sind wir hier eigentlich?» wollte Klaus wissen. Offensichtlich konnte er bei dem Geschaukel nicht wieder einschlafen.

«Kurz vor Pagensand, schätze ich», sagte Luise nach einem prüfenden Blick. «Unser Kapitän ist ja stumm wie ein Fisch.»

«Hmm, ich habe Lust auf ein Bier.»

«In der verqualmten Bude?»

Klaus zuckte die Achseln.

«Na gut», seufzte Luise. «Gehen wir runter an unseren Tisch.»

«Wo sind unsere Sachen?» fragte Luise ihre beiden Söhne.

Marco zeigte mit dem Finger nach ganz hinten an den letzten Tisch, wo sich ihre Kühltasche und die Decken stapelten.

«Warum habt ihr die weggepackt?»

«Haben wir nicht. Das waren die da!» Marco zeigte auf die drei jungen Mütter, die den zweiten Tisch okkupiert hatten.

«Wie kommen Sie dazu, unsere Sachen wegzuräumen?» empörte sich Luise.

«Der Tisch hier war näher am Eingang», antwortete eine Dunkelhaarige zickig. «Den Kindern ist der Rauch nicht zuzumuten. In diesem Alter ist schon Passivrauchen tödlich.»

«Schön, aber Sie hätten ja wenigstens mal fragen können!»

«Jetzt stellen Sie sich nicht so an. Es geht doch um die Kinder», mischte sich die zweite Mutter ein.

«Die Tatsache, daß Sie Kinder haben, ist doch kein Freibrief für schlechtes Benehmen!»

Klaus zog Luise am Ärmel. «Laß mal, wir passen doch alle an diesen Tisch, wenn wir dicht zusammenrücken.»

«Nee, nee, nee. Fremdes Eigentum scheint den Damen hier völlig egal zu sein.» Luise hob Iris' zerfleddertes Buch hoch. «So wie das hier zum Beispiel!»

«Ach, das alberne Buch!» stöhnte die Rothaarige mit dem rosa Mohairpullover und dem aufgestickten Lama darauf.

«Das sind 14,80 DM. Und genau die möchte ich jetzt von Ihnen wiederhaben.»

«Gott, von Kindern halten Sie wohl nicht viel?»

«Bitte? Ich habe genausoviel Kinder großgezogen wie Sie alle drei zusammen. Und im übrigen gibt es einen Unterschied zwischen Kindern und Monstern.»

«Also, ich muß doch wohl ...»

«Laß gut sein, Anne-Marie-Sharon, wir zahlen das Buch, und fertig.» Die Dunkelhaarige öffnete ihr Portemonnaie. «Leider habe ich nur einen Zwanziger.»

«Ich kann wechseln!» entgegnete Luise prompt.

«Das macht sie gut», kicherte Iris.

Klaus schüttelte verständnislos den Kopf. «Wenn ich bloß wüßte, worum es geht?»

Er ging nach vorn an die Kühltasche und wollte sich endlich ein Bier holen.

«Was soll denn das werden?» fragte die Kellnerin, die Klaus' Vorhaben argwöhnisch verfolgt hatte.

«Ich will was trinken, wieso?» fragte Klaus naiv zurück.

Die Kellnerin zeigte stumm auf ein großes Schild hinter dem Tresen. «Der Verzehr von mitgebrachten Speisen und Getränken ist untersagt!» stand da in vergilbtem Gelb auf grünem Grund.

«Das Schiff ist bewirtschaftet!» fügte die Kellnerin zur Sicherheit noch hinzu, als sie Klaus' ungläubigen Blick sah.

«Na, dann möchte ich doch erst mal zwei Bier.»

Klaus klappte die Kühltasche wieder zu. «Den Verpflegungskorb hättest du dir sparen können», erklärte er, als endlich die ganze Familie um den kleinen Tisch versammelt war.

«Ich muß aufs Klo», sagte Marco und zwängte sich aus der Bank.

«Da hinten!» zeigte ihm Iris den Weg.

«Du Idiot!» rief einer der Skatbrüder, als Marco stolperte und den Mann dabei anstieß, der gerade an seinem Bier nippte.

«He, lassen Sie meinen Sohn in Ruhe!» brauste Klaus auf.

Auch der andere Kerl schien einem Streit nicht aus dem Weg gehen zu wollen. Noch zweimal nannte er Marco einen Idioten. Luises Mann stand kurz davor, handgreiflich zu werden. Aber als der streitsüchtige Skatbruder dann auch noch Ersatz für sein verschüttetes Bier verlangte, gab ihm Klaus plötzlich einlenkend sein eigenes. Damit war der Streit erledigt. Luise bewunderte seine Beherrschung. Sie hätte dem Kerl lieber …

«Die warme Plempe kriege ich sowieso nicht runter», sagte Klaus, als er Luises fragenden Blick sah. Luise befühlte das Bier. Er hatte recht. Es war lauwarm.

«Nee, das trinke ich auch nicht», sagte Luise entschieden.

Ihr Mann stand auf und ging nach vorne zur Bedienung. Er zahlte und nahm zwei kalte Biere aus der Tasche.

«He, was soll denn das!» fuhr die Bedienung ihn an.

«Ich habe zwei Bier bezahlt. Und die trinke ich jetzt auch. Aber nicht von Ihrem lauen Pullerwasser da!» stellte Klaus klar.

«Das dürfen Sie nicht!»

«Das ist mir scheißegal!» polterte Klaus, dem kaltes Bier eine Herzensangelegenheit war und der nun sichtlich ungehalten wurde. Er nahm die Flaschen mit an den Tisch und öffnete sie.

«Ganz richtig!» stimmte ihm Luise zu. «Wir lassen uns doch nicht tyrannisieren!»

Die Kellnerin verschwand. Eine Minute später tauchte sie hinter dem Rücken des Kapitäns wieder auf.

«So, Sie sind das. Sie trinken hier also Ihre eigenen Getränke!?»

«Ja, klar», antwortete Klaus gelassen.

«Können Sie eigentlich nicht lesen?»

«Schon. Aber wir halten uns einfach nicht daran.»

«So, Sie halten sich nicht daran?» stellte der Kapitän fest und verschränkte die Arme vor der Brust.

«Ihre lauwarme Plörre trinke ich nicht, und ich habe Durst, basta!»

«Das ist eine Anordnung vom Kapitän. Der ist auf See unbedingt Folge zu leisten.» Zur Unterstreichung begann er ungeduldig auf und ab zu wippen.

«Das ist die Elbe», korrigierte Mario.

«Kapitän vom Äppelkahn», grinste Iris.

«Rosteimer!» ergänzte Marco.

Der Kapitän drohte unverhohlen mit erhobener Hand in Richtung der Kinder.

«Wagen Sie das ja nicht!» fuhr Luise dazwischen.

«Ich fordere Sie auf, meine Anordnungen unverzüglich zu befolgen, sonst ...», plusterte sich der Kapitän zu voller Größe auf. Seine Uniform füllte er auch so schon völlig aus.

«Sonst was?» wollte Klaus wissen.

«Sonst setze ich Sie bei nächster Gelegenheit ab!»

«Liebend gerne. Je eher, je besser.»

«Das kann ganz schnell gehen!» drohte der Kapitän noch einmal.

«Nur zu, Mann, was stehen Sie noch hier rum!» Jetzt wollte Klaus es anscheinend wissen.

Ehe sie sich versahen, hatte der trotzköpfige Kapitän sie in Bielenberg ausgesetzt.

«So eine Scheiße, die Batterien sind leer!» fluchte Marco.

«Die vom Walkman auch», stellte Iris entsetzt fest.

«Und weit und breit kein Kiosk zu sehen!»

Bis Glückstadt war es nicht besonders weit. Und irgendwie würden sie schon zurückkommen. Luise war zufrieden.

«Ach, schau doch nur diese Landschaft ... und diese Ruhe», sagte Klaus und atmete tief durch. Luise breitete die Decken am Elbdeich aus.

«Los, jetzt wird aber gefuttert!»

«Und es gibt kühles Bier dazu.»

Die Kinder entdeckten die Schafe und waren begeistert. Iris fand einen Igel, von dem sie sich kaum noch trennen wollte. Und die Jungen jagten Schafe, als ob es dafür Punkte gäbe. Klaus gab nach einem Schnitzel und vier Buletten auf und schlief eine gute Stunde lang tiefer und fester als irgendwann sonst in den letzten zwei Jahren.

Gut gelaunt und entspannt hielten sie am späten Nachmittag einen Trecker an, der sie mit nach Glückstadt nahm.

Das war ein Tag, wie Luise ihn sich vorgestellt hatte. Mit der ganzen Familie im Grünen. Und nach Glückstadt konnte man zur Not ja auch mit dem Zug fahren. Von Ausflugsdampfern jedenfalls hatte Luise genug.

«Könnten wir öfter mal machen», sagte Klaus und umarmte seine Frau auf dem störrisch holpernden Hänger des Treckers. Luise lachte.

«Heute ist nicht alle Tage! Wir kommen wieder, keine Frage», sang Marco fröhlich.

«Nächsten Sonntag, Schafe jagen, alle zusammen», grunzte Mario.

«War doch kein verlorener Tag», stellte Iris fest. Dabei warf sie einen langen Blick auf den Sohn des Bauern, der den Trekker fuhr.

Auf und ab

Katharina steuerte den BMW auf die Parklücke zu. Sie sah in den Rückspiegel und drehte sich sogar noch vorschriftsmäßig um. Kurz vor Mitternacht war kaum Verkehr hinter ihr zu erwarten. Alles klar. Sie machte sich daran, in die knapp bemessene Parklücke rückwärts hineinzusetzen. Etwas zu spät schlug sie das Lenkrad ein und steckte auf einmal diagonal in der Lücke.

Natürlich half Walter ihr kein Stück. Er hatte nur dieses ‹Hab ich's doch gewußt!›-Lächeln auf den Lippen. Katharinas Abendkleid saß in den Schultern viel zu eng, und die hohen Absätze waren auch nicht ideal zum Autofahren. Daran mußte es liegen.

«Herrgott noch mal … dreh's Fenster runter, guck raus und hilf mir!»

Walter kurbelte widerwillig das Seitenfenster runter. «Du hast zu steil eingeschlagen, meine Liebe …» Walter reckte den Hals noch weiter aus dem Fenster. Und plötzlich rief er: «Paß auf!»

Sein Kopf wurde fast an den Holm geschleudert, so hart hatte Katharina auf die Bremse getreten.

«Tickst du noch richtig? Mich so zu erschrecken!»

«Du hast den Wagen hinter dir beinahe gerammt», verteidigte Walter sich. «Man faßt es ja nicht. Was treibst du hier überhaupt? Holst du gerade deine erste Fahrstunde nach?»

Katharina ließ abrupt das Steuer los. «Was ist denn das für ein Ton?»

«Steig aus!» fuhr Walter sie kurzerhand an.

Jetzt mußte er ihr natürlich wieder einmal demonstrieren, wie überlegen seine Fahrkünste waren. Dabei war er mit Sicherheit weit weniger nüchtern als sie selbst. Katharina warf ihm einen wütenden Blick zu und öffnete die Fahrertür. «Ist auch besser, wenn du den Wagen ramponierst, sonst kann ich mir wieder wochenlang die Arien über Frauen am Steuer anhören.»

«Ja, ja, ja», grunzte Walter einfallslos und zwängte sich auf den Fahrersitz.

Vom Gehsteig her beobachtete Katharina verärgert, wie Walter den Wagen mit zwei flotten Manövern in die Lücke bugsierte. Sein triumphierendes Lächeln nahm sie ihm wirklich übel.

«Du hast dich ja heute wieder prächtig amüsiert», ließ Katharina ihrer Wut auf dem Weg zum Fahrstuhl freien Lauf.

«Stimmt!»

«Aber da warst du der einzige.»

Ihr Gatte war ein richtiger Partykiller. Die Leute schliefen ein bei seinen müden Pointen, und immer, wenn sie selbst mal etwas zum besten geben wollte, fuhr Walter ihr über den Mund. Das Schlimmste aber war, daß Walter gar nicht mitkriegte, daß ihm niemand zuhörte. Er quakte und quakte wie ein Wasserfall und war immer der einzige, der sich dabei witzig fand. Der Kerl hielt sich doch tatsächlich für amüsant.

«Was bist du denn so gehässig?»

«Dein mühsames Ringen mit jeder Pointe langweilt mich schlicht zu Tode.»

«Weil du einige Geschichten schon kennst», verteidigte sich Walter. «So lange, wie wir verheiratet sind, bleibt das nicht aus.»

«Einige? Was mich wundert, ist, daß es überhaupt noch jemanden gibt, der deine abgestandenen Witze nicht kennt.»

Katharina stand vor der Haustür und dachte gar nicht daran, ihren Schlüssel herauszukramen. Sie sah Walter auffordernd an. Der seufzte und fischte in seinem Jackett nach dem Schlüssel.

«Ich hab den Schlüssel verloren!» sagte er todernst.

«Ha-ha-ha», preßte Katharina in einem Stakkato hervor. «Beim Improvisieren bist du noch lahmer als mit deinem Standardrepertoire.»

«Mein Standardrepertoire, wie du es zu nennen beliebst, wäre durchaus erquicklich für die Gäste, wenn du nicht immer meine Pointen vernichten würdest.»

Katharina kicherte gehässig, während Walter die Tür aufschloß. «Wie sollte ich etwas vernichten, das es gar nicht gibt?»

«Manchmal glaube ich, du müßtest mal eine …»

«Vorsicht, mein Lieber», sagt Katharina und ging entschlossenen Schrittes an ihm vorbei in die Wohnung. «Sag jetzt nichts, was ich vor Gericht gegen dich verwenden könnte.»

«Sehr witzig!» Walter warf seinen Mantel über den Stuhl im Flur und löste im Gehen seinen Krawattenknoten.

Katharina schnippte ihre Pumps von den Füßen und öffnete ihre Perlenkette. «Das war kein Witz. Aber wie solltest du das unterscheiden können?»

«Kein Witz? Wie soll ich das denn sonst verstehen? Kommt jetzt wieder deine Scheidungshysterie zum Zuge, ja?» An der Hausbar schenkte er sich einen großzügig bemessenen Cognac ein. «Und das alles nur, weil ich deiner Meinung nach ein bißchen viel gequasselt habe auf der Party heute abend? Was soll denn das? Das ist doch lächerlich!»

Katharina war an ihm vorbei ins Schlafzimmer gegangen, hatte ihren restlichen Schmuck abgelegt und in einer kleinen Schale auf ihrem Nachttisch deponiert.

«Nicht für mich», rief sie durch die offene Tür. «Ich halte ja lange meinen Mund. Aber wenn das Faß überläuft ...» Sie versuchte vergeblich, das Häkchen am oberen Ende des Reißverschlusses an ihrem Abendkleid zu erwischen. «Ständig fährst du mir über den Mund. Läßt mich keinen Satz zu Ende sprechen. Machst auf meine Kosten deine blöden kleinen Witzchen. Das reicht mir endgültig ... Machst du das mal?»

Walter sah sie fasziniert an, dann stellte er das Cognacglas ab und öffnete das Häkchen. Daß sie sich bedankte, erwartete er nicht. Mit einem Griff hatte sie den Reißverschluß hinten aufgezogen und das Kleid zu Boden sacken lassen.

«Du mußt doch nicht gleich wieder so ein Theater machen», sagte Walter. Er beobachtete, wie sie aus dem Kleiderkringel auf dem Boden herausstieg.

«Du kümmerst dich doch nicht mal im Ansatz darum, was mich bekümmert», maulte sie und machte sich wieder auf den Weg ins Schlafzimmer.

«Was denn?» fragte Walter und folgte ihr. «Worum geht es jetzt?»

«Willst du das wirklich hören?» Das Kleid wurde über einen Bügel an die Tür gehängt.

«Natürlich», seufzte Walter und rang mit den Armen um Fassung. «Warum frage ich denn sonst?»

«Pah», sagte Katharina spöttisch, fischte sich ein spitzenbesetztes Nachthemd aus dem Schrank und machte sich auf den Weg ins Badezimmer. «Jeden Abend läßt du deinen Ärger im Büro an mir aus. Nicht einmal eine Frage, wie es mir an diesem Tag ergangen ist. Schröder hier. Die Reklamationsabteilung da. Ich weiß ja bald mehr über dein Büro als über dich!»

«Nun übertreib nicht!» Walter sprach nur etwas lauter, damit Katharina ihn im Bad auch verstehen konnte.

«Aber wenn du mal krank bist! Ach, was sag ich, krank! Der Hauch einer Grippe reicht ja oder vielleicht ein Jucken in der Nase, dann … dann erwartest du die große Fürsorgenummer. Während ich hier locker drei Tage mit einem Hexenschuß im Bett liege und mich frage, wie ich trotzdem noch den Einkauf zuwege bringe.»

«Was? Wann soll denn das gewesen sein!»

«Darum geht es doch gar nicht. Ewig muß ich auf dich Rücksicht nehmen, und du …!»

Walter hörte nicht weiter hin und ging ins Wohnzimmer. Gut, daß die Cognacflasche noch zu zwei Dritteln voll war. Als er das Schlafzimmer wieder betrat, hörte er gerade noch: «… Ehe. Du bist einfach nicht partnerschaftsfähig!»

«Jetzt reicht's aber!»

«Ach, trink doch einen Cognac und halt den Mund, wenn du nichts Konstruktives zu sagen hast!» rief Katharina aus dem Bad.

Walters Hand zuckte von der Flasche zurück. «Bist du bald fertig?» Er zog seine blaue Anzugweste und das Hemd aus und ging ins Bad. Katharina hatte sich abgeschminkt und war dabei, sich die Zähne zu putzen. Walter nahm sich ebenfalls eine Zahnbürste.

«Ich und nicht partnerschaftsfähig? Ist doch gelacht. Such dir doch einen anderen Kerl. Ich wette, bei dem hältst du es keine drei Wochen aus, dann kommst du wieder ... angekrochen. Und der Typ macht wahrscheinlich drei Kreuze!»

«Ooh. Asch wirschlisch! Wasch glaubscht du ...»

«Sprich nicht mit vollem Mund!»

Katharina spuckte energisch die Zahncreme aus.

«Du spinnst doch. Schlimmer als mit einer humorlosen, desinteressierten Mimose wie dir kann es ja gar nicht werden. Und im übrigen: Mit anderen Männern komme ich sehr gut aus.»

«Ach ja? Einen, nenn mir einen!» forderte Walter sie belustigt auf.

«... Mein Friseur zum Beispiel!»

Walters Kichern wandelte sich in unverschämtes Gelächter. «Einen, den du nicht bezahlst!»

«Du ... du ... Mistkerl!» zeterte Katharina. «Das reicht jetzt. Du hast den Bogen überspannt.» Katharina warf die Zahnbürste mit Wucht in den Spülbecher und tobte ins Schlafzimmer. Zeit, sich in Ruhe die Zähne zu putzen, dachte Walter.

Als er seinen Bademantel angezogen hatte und das Schlafzimmer betrat, war die Situation klar. Das Ehebett glich einer Festung. Hier würde er heute nacht keinen Fuß unter die Decke kriegen.

«Würdest du mir wenigstens mein Bettzeug geben?» fragte Walter resigniert.

«Raus hier!» Sie ließ ihm keine Zeit zu argumentieren und verschloß gleich hinter ihm die Schlafzimmertür.

«Katharina, bitte!» Walter rüttelte sanft an der Tür. «Wenn wir schon das ‹Ich quartiere dich aus›-Spielchen spielen müssen, dann laß mir doch wenigstens das Bettzeug! … Ich muß morgen früh raus! … Ich brauche das bißchen Schlaf! … Was hast du denn davon, wenn ich mich erkälte?»

Das erwartete gehässige Kichern kam nicht durch die Tür. Totenstille. Allmählich reichte es Walter. «Ich brauche das Bettzeug, hörst du!» Zur Betonung hämmerte er mehrmals energisch gegen die Tür.

«Hallo! Also gut, Schluß jetzt. Ich zähle bis drei, dann breche ich die Tür auf!»

Keine Reaktion.

«Eins … zwei … Hör zu, Katharina, treib mich nicht zum Äußersten. Es reicht jetzt … Drei!» Walter holte aus und hielt inne. «Ich zertrümmere doch jetzt nicht meine eigene Tür, nur weil du deine …»

Die Tür wurde geöffnet.

«Na endlich!»

Katharina stampfte straßenfertig angekleidet mit einem kleinen Koffer in der Hand an ihm vorbei.

«Hey! Was wird denn das?»

Katharina beachtete ihn nicht weiter und ging zur Wohnungstür. Walter folgte ihr in respektvollem Abstand. Sollte er doch sehen, wie er allein klarkam.

«Nicht schon wieder die ‹Ich fahre zu meiner Mutter, die ist immer für mich da›-Variante», stöhnte Walter.

Katharina reagierte überhaupt nicht. Sie ging schnurstracks zum Fahrstuhl, dicht gefolgt von Walter im Bademantel.

«Du bleibst hier!» befahl er.

Aber da hatte er sich geschnitten. Katharina dachte gar nicht daran, sich von Walter etwas befehlen zu lassen. «Um nichts in der Welt. Und wenn du mich nicht gehen läßt, schreie ich das ganze Haus zusammen.»

«Gut, dann geh. Aber glaub nicht, daß du hier mir nichts, dir nichts morgen wieder einziehst!»

«Mach dir bloß keine falschen Hoffnungen.»

Geräuschvoll schoben sich die Fahrstuhltüren auf. Walter hatte nicht das Gefühl, schon alles gesagt zu haben, und trat kurz hinter Katharina in den Fahrkorb.

«Geh zu deiner Mutter und erzähl ihr doch, was du für einen miserablen Ehemann hast.»

«Das brauche ich gar nicht. Das hat sie schon immer gewußt. Viel eher als ich. Wenn ich doch auf sie gehört hätte.»

Ein kurzes ‹Ping› bestätigte die Wahl des Erdgeschosses.

«Natürlich ... Wie konnte ich das vergessen? Mama weiß ja immer alles. Und wenn nicht, dann erzählst du es ihr brühwarm. Weißt du was? Du bist eine Petze.»

Unerwartet stoppte der Fahrstuhl im nächsten Stockwerk. Als die Tür aufging, sahen sie ein jüngeres Pärchen, das sich gleich gegenüber an der offenen Wohnungstür von seinen Freunden verabschiedete. Die Frau warf einen belustigten Blick auf Walters unpassendes Outfit. Dann schlossen sich die Fahrstuhltüren wieder, und in der einsetzenden Stille wartete jeder auf das Geräusch des Motors, der sie ins Erdgeschoß verfrachten würde. Der Mann drehte sich plötzlich um, starrte Walter an, nickte anerkennend und begann mit seiner Frau zu tuscheln. Walter und seine Frau lächelten gequält und wünschten einen guten Abend.

«Entschuldigung», sagte der Mann, als er sein Lachen nicht länger unterdrücken konnte.

Walter suchte nach etwas Höflichem, das er entgegnen konnte, aber in diesem Moment ging ein Ruck durch den Fahrkorb. Sie hatten angehalten, aber die Türen öffneten sich nicht.

«Was ist los?» fragte die Frau.

«Wir hängen fest», erklärte Katharina.

«Das gibt es doch nicht!»

«Bingo», sagte der Mann trocken.

Walter drückte entschlossen auf alle Etagenknöpfe, aber nichts tat sich. «Da rührt sich nichts!»

«Ach was!» zickte Katharina.

«Drücken Sie doch den Alarmknopf», forderte ihn der Mann auf.

«Danke, das hätte ich auch als nächstes gemacht.»

Ein dumpfes rhythmisches Hupen zeigte an, daß Walter den Alarm ausgelöst hatte. Er ließ den Knopf wieder los und schüttelte frustriert den Kopf. «Das wird doch nichts. Um diese Zeit hört uns kein Mensch mehr.»

«Geht denn der Alarm nicht auch in der Wohnung des Hausmeisters los?» wollte die Frau neunmalklug wissen.

Walter zuckte die Achseln.

«Ehrlich gesagt, ich weiß es nicht.»

«Holger?»

«Keine Ahnung.»

«Da hilft nur noch beten», sagte Walter resigniert.

«Aber laut, damit es auch jemand hört», fauchte Katharina, deren Laune sich durch diese Situation keineswegs verbessert hatte.

«Also, lange halte ich es hier aber nicht aus», jammerte Holgers Frau und atmete betont laut ein und aus. «Die Luft ist ja jetzt schon zum Schneiden.»

«Ganz ruhig, Lisette, nur keine Panik!»

«Ach», jubelte sie plötzlich mit einem Anflug von Hysterie. «Irgendwie ist das ja auch ganz aufregend, nicht?»

Katharina schüttelte frustriert den Kopf. So eine dusselige Ziege. Dann stieß sie Walter am Ellenbogen an, und der drückte nochmals den Alarmknopf. «Also, wenn uns keiner hört, können wir uns auf eine lange Nacht einstellen.»

«Wir sollten uns irgendwie beschäftigen.»

«Wir können ja Skat oder Strip-Poker spielen», schlug Katharina sarkastisch vor.

«Skat kann ich nicht, und beim Strip-Poker ist Ihr Mann ja wohl deutlich im Vorteil», erklärte Lisette ernst.

«Im Vorteil ...?» Katharina und Walter sahen sich verunsichert an.

«Lisette! Die nehmen dich auf den Arm.»

Lisette schwieg und warf Walter und Katharina einen erbosten und mißtrauischen Blick zu.

«Und wenn wir uns Witze erzählen?» fragte Walter.

«Warum nicht? Sie fangen an!» forderte Holger ihn auf.

Alles, bloß das nicht. Katharina fühlte den Anflug einer Migräne. Sie hatte für heute weiß Gott genug Witze gehört. «Du wirst es nicht wagen!» fuhr sie ihren Mann von der hinteren Fahrstuhlwand an. «Du wirst uns in dieser beengten Kabine nicht zu Tode langweilen. Lieber ersticke ich!»

«Dann fange ich an!» erklärte Holger gutgelaunt. «Also ... Eine sexy angezogene und attraktive Frau liegt mit ihrem Liebhaber im Bett ... Ihr Ehemann ist auf Geschäftsreise ... und gerade als sie ...»

«Vorher hat sie bemerkt, daß er die Socken anbehalten hat!» warf Lisette ein.

«Okay, also er hat die Socken anbehalten. Und gerade ...»

«Ringelsöckchen waren es, um genau zu sein. Das muß man sich mal vorstellen ...», verbesserte Lisette.

«Erzählst du den Witz oder ich?»

«Du.»

«Dann quatsch mir nicht immer dazwischen. Also, gerade als die beiden auf dem Höhepunkt ...»

«Du hast jetzt aber nicht gesagt, daß sie völlig nackt ist ...»

«Jaaa ... mein Gott!»

«Das ist nämlich wichtig, wenn jetzt der Ehemann nach Hause kommt und ...»

«Du machst mir die Pointe kaputt!»

«Aber die kommt doch noch gar nicht. Erst wenn der Ehemann den Liebhaber im Schrank ...»

Walter und Katharina sahen sich verständnisvoll, mitfühlend an. Das kam ihnen irgendwie bekannt vor. Wenn Männer anfangen, Witze zu erzählen, dachte Katharina, endet das entweder mit katastrophaler Langeweile oder einem Streit.

«Jetzt reicht's!» schimpfte Holger.

«Genau», sagte Katharina und drückte mehrere Male wild entschlossen den Notknopf.

«Wenn uns jemand gehört hätte, wären wir hier längst raus», grunzte Holger.

Männer! Die Kerle konnten doch nur reden, aber wenn es dann drauf ankam ... «Vielleicht unternehmt ihr mal was!»

«Wir müssen doch nur die Nerven bewahren und durchhalten», jammerte Lisette ohne jede wirkliche Zuversicht. Sie wurde noch unsicherer, als alle sie nur mitleidig ansahen.

«Was soll man tun? Ich bin ja nicht Copperfield und kann uns von hier wegzaubern», erklärte Holger.

Friedrich von Thun und, Evelyn Hamann,
Max Herbrechter, Nicola Tiggeler

Rudolf Wessely, Evelyn Hamann, Friedrich von Thun,
Max Herbrechter, Nicola Tiggeler

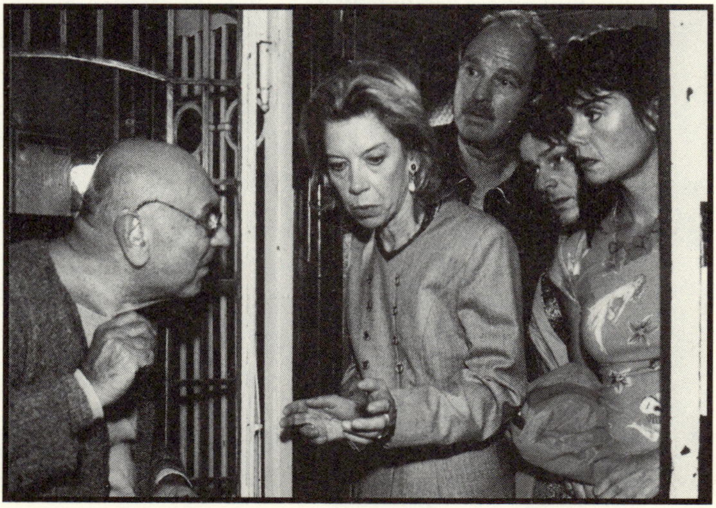

«Immer nur Sprüche», fuhr Lisette ihren Mann plötzlich an. Sie schien emotional etwas wechselhaft zu sein. «Und wenn's mal drauf ankommt, stehst du nur dumm rum.»

Walter legte ihr zaghaft die Hand auf die Schulter. «Kindchen, nun beruhigen wir uns aber erst mal, ja?»

«Ach Sie! Sie bringen doch auch nichts zuwege.»

«Nun mal sachte, Kleines», griff Katharina ein. «Meinen Mann lassen Sie in Ruhe. Es reicht völlig aus, wenn Sie Ihren Gatten anmachen.»

«Ach, ich bitte Sie, die Kerle sind doch alle gleich!»

«Nun reicht's aber!» Walter sah seine Frau im Geiste die Ärmel hochkrempeln. «Noch so eine Bemerkung, und ich werde verdammt unangenehm!»

«Soll das etwa eine Drohung sein?» mischte sich Holger ein.

«Worauf Sie Gift nehmen können!»

«Das nimmt sie sofort zurück!» wandte sich Holger unvermittelt an Walter, der sich eigentlich nicht für die Streitlustigkeit seiner Frau verantwortlich fühlte.

«Und wenn nicht?» entgegnete Walter nur spöttisch und wippte belustigt in seinen Pantoffeln auf und ab.

«Dann sage ich ihr mal, was ich von ihr halte!»

«Vorsicht ...!»

«... dieses arrogante ‹Von-oben-herab›-Getue geht mir nämlich reichlich auf den Geist!»

«Was denn für einen Geist?» konterte Walter trocken.

«Gut so, Walter, endlich mal eine geistvolle Pointe!» triumphierte Katharina. Sie war stolz auf ihren Mann. Diesmal hatte er sich wacker geschlagen.

«Wollen Sie etwa sagen, daß ...?» setzte Holger an, nachdem er sich etwas gefangen hatte.

«Genau!» stieß Katharina in die kurze Pause. «Und Ihr Witz vorhin! Der war schon als Fragment völlig geistlos.»

«Und uralt», fügte Walter partnerschaftlich hinzu.

«Und schlüpfrig! So was erzählt man nicht in der Anwesenheit einer Dame.» Katharina und Walter nickten sich zu.

«Das hätte ich auch nie gewagt!» ereiferte sich Holger jetzt gefechtsbereit.

«Nun werden Sie mal nicht unverschämt! Schließlich waren Sie nicht mit Ihrer Frau allein in diesem Fahrstuhl!»

«Walter!» rief Katharina begeistert. «Du hast ja Humor! Das wußte ...» Der Rest des Satzes ging in einem markerschütternden Hilfeschrei unter, den Lisette ohne jede Vorwarnung ausgestoßen hatte. Sie selbst hatte sich wohlweislich dabei die Ohren zugehalten. Die anderen drei Passagiere sahen sich verwundert und halb taub an.

«Das wird helfen!» maulte Katharina. «Vielleicht warnen Sie uns das nächste Mal vor, wenn Sie so eine Aktion starten!»

«Ruhe! Ruhig doch mal!» rief Walter und lauschte. Jemand schlug mit der Faust derart laut an die Fahrstuhltür, daß selbst ein Tauber zusammengezuckt wäre.

«Hallo!» rief Holger hoffnungsschwanger.

Keine Antwort.

«Vielleicht sollten wir mal zusammen ...!» schlug Katharina vor.

Aber in diesem Moment wurde heftig gegen die Tür getreten, und Sekunden später glitt sie auf. Sie waren im Erdgeschoß.

«Klemmt mal wieder, das Mistding, was?» rief eine Stimme. Vor der offenen Fahrstuhltür stand Hilde mit einem kleinen Koffer in der Hand und staunte über die vier fassungslosen Passagiere.

«Wir haben die ganze Zeit hier gestanden! Wir hätten nur die Tür aufschieben müssen!» sagte Holger entgeistert.

«Na, Sie hätten das ja wohl wissen können, schließlich wohnen Sie doch hier!» nörgelte Lisette und zog ihren Mann hinter sich her aus dem Fahrstuhl. «Komm jetzt, Holger. Ich habe genug von diesen Leuten.»

«Das ist doch wohl ein Witz», stammelte Holger noch fassungslos.

«Hör mir auf mit deinen dämlichen Witzen ...», war das letzte, was Katharina und Walter von den beiden hörten, als sie um die Ecke bogen.

«Mama, Papa, was tut ihr hier mitten in der Nacht?» fragte Hilde und betrat den Aufzug.

Katharina und Walter sahen sich erleichtert an und mußten grinsen.

«Tja, also ...», fing Walter an.

«Ich komme gerade von einer Reise von Oma wieder», bog Katharina den Erklärungsversuch rasch ab. «Und dein Vater wollte mir helfen, meine Sachen hochzutragen.» Dann drückte sie Walter vielsagend ihren Koffer in die Hand.

«Und was ist mit dir, Kleines? Was machst du hier?»

Hilde sah beschämt zu Boden.

«Jens und ich haben uns gestritten. Ich habe ihn verlassen. Kann ich ein paar Tage bei euch unterkriechen?»

«Aber sicher, mein Schatz!» sagte Katharina.

«Mach dir keine Gedanken, Kleines. Das geht alles vorbei. So was kommt hin und wieder vor, wenn man frisch verheiratet ist», erklärte Walter väterlich. Er freute sich, den Rest der Nacht nun doch in seinem warmen Bett verbringen zu können.

Mensch Mutter

Carla warf einen letzten Blick in den Spiegel. Sie zupfte das Jackett noch hier und da ein wenig zurecht. Alles klar für den großen Tag. Sie probierte ein Lächeln: perfekt! Auch das Wetter spielte mit. Herrlicher Sonnenschein, 18 Grad. Sie griff nach dem dunkelgrauen Hartschalenkoffer und verließ das Haus. Es war nicht nötig gewesen, den Inhalt des Aktenkoffers noch einmal zu kontrollieren. Sie hatte ihn gestern abend gepackt und seitdem mehrfach überprüft.

Der wuchtige 7er BMW gab mit einem unangebracht hohen Fiepen die Zentralverriegelung frei. Der Aktenkoffer flog auf den Beifahrersitz und rutschte von dort hinunter auf den Fußboden. Carla ließ ihn da liegen und startete den Motor. Keiner der acht Zylinder gab einen Mucks von sich. Sie drehte den Zündschlüssel nochmals herum. Keine Reaktion. Dafür blinkte auf dem Instrumentenbord ein kleines Lämpchen rhythmisch auf. Carla schüttelte den Kopf. Sie drückte abermals auf den Knopf am Schlüsselanhänger und gab die Wegfahrsperre frei.

Allmählich hatte sie es eilig. Sie drehte sich um und wollte rückwärts aus der Parklücke setzen, als plötzlich genau hinter ihr ein Taxi hielt. Eine ältere Frau stieg umständlich aus dem

Fond. Carla stutzte. Der rote Trachtenjanker kam ihr irgendwie vertraut vor. Und die ergrauten, ondulierten Haare kannte sie auch. Das war ihre Mutter! Mechanisch nahm sie die Hand von der Hupe. Ihre Mutter winkte ihr zu, nachdem sie gezahlt hatte. Carla löste genervt den Gurt und stieg wieder aus.

«Mama! Was machst du denn hier?» rief sie ihrer Mutter entgegen, die mit einem abgedeckten Tablett in der Hand freudestrahlend auf sie zukam.

«Hallo, Carla! Ich war gerade bei Sandemann. Da hab ich die Windbeutel gesehen und mußte daran denken, wie gerne du die immer gegessen hast. Also habe ich gleich ein paar gekauft.»

«Ein paar?» fragte Carla mit einem skeptischen Blick auf das Tablett.

«Ich dachte, wir trinken einen Kaffee, essen ein paar Windbeutel und plaudern ein bißchen. Wie in alten Zeiten.» Carlas Mutter kicherte jugendlich.

«Du fährst fast fünfzehn Kilometer mit dem Taxi, um mit mir Windbeutel zu essen?»

«Früher warst du immer stolz auf die spontanen Ideen deiner Mutter», erklärte Carlas Mutter gekränkt. «Weißt du noch? Als wir damals am Flughafen zum Friseur gehen mußten, weil das der einzige Salon war, der so spät abends noch offen hatte? Drei Stunden später sind wir dann in Mallorca gelandet. Was sind dagegen schon die paar Kilometer.»

«Ja ... stimmt, das war echt cool, aber ... ich meine ... ist irgend etwas? Ist etwas passiert?»

«Es muß doch nicht gleich was passiert sein, damit wir uns mal ein Viertelstündchen zusammensetzen können. Wir haben uns auch schon lange nicht mehr gesehen.»

Carla dachte nach. Genaugenommen waren es gerade mal zwölf Tage her, daß sie mit ihrer Mutter einen Nachmittag auf der Terrasse verbracht hatte. Aber heute war nun wirklich der ganz falsche Tag. «Das ist ja sehr lieb, Mutter, aber ... leider bin ich gerade auf dem Sprung.»

«Ich verstehe schon. Ich komme ungelegen. Das ist das Risiko, wenn man vorher nicht anruft. Was reden wir lange darüber, ruf deiner alten sonderbaren Mutter ein Taxi, und du bist mich sofort wieder los.»

Carla fühlte einen leichten Stich in ihrem Herzen. «Mama! Nun sei doch nicht beleidigt.»

«Ist denn wenigstens noch Zeit, die Windbeutel in den Kühlschrank zu legen? Die müssen ja nicht verderben. Vielleicht hast du später Lust drauf.»

Ein gehetzter Blick auf die Uhr, und Carla seufzte. «Na schön. Wir gehen kurz hoch, ich rufe dir ein Taxi; und bis dahin verputzen wir rasch jeder einen von diesen Windbeuteln.»

Vielleicht hätte sie noch einen Kaffee erwähnen oder wenigstens das Wort ‹rasch› weglassen sollen. Carlas Mutter schaute sie jedenfalls ärgerlich an.

«Hör zu», sagte sie aufgebracht. «Mach bitte kein Drama daraus. Da im Wagen ist doch ein Telefon. Also ruf mir jetzt bitte ein Taxi. Und dann mach dich auf den Weg zu deiner Verabredung. Um die Windbeutel kümmere ich mich. Mach dir um Himmels willen nicht so viele Gedanken!»

Das war eigentlich in Carlas Sinn. Als sie jedoch den Telefonhörer schon in der Hand hielt, überlegte sie es sich anders und schlug ihrer Mutter vor, sie nach Hause zu fahren.

«Ich möchte aber nicht, daß du meinetwegen zu spät kommst!»

«Bitte, Mama, steig jetzt ein!»

Ihre Mutter wollte nicht nach Hause gebracht werden, aber Carla überzeugte sie, daß es wirklich kein Umweg wäre. Endlich bewegte sich Carla auf ihr Ziel zu. Wenn auch nicht auf direktestem Wege, aber der Wagen fuhr erst mal.

«Was ist das eigentlich für ein Termin? Muß wichtig sein, du schaust andauernd auf die Uhr!» fragte ihre Mutter nach einiger Zeit.

«Nichts Umwerfendes ... Mama, ich muß mich auf den Verkehr konzentrieren, der Wagen ist noch ein bißchen ungewohnt.»

«Ach ja?» Carlas Mutter schaute sich in der geräumigen Limousine um. «Ist der neu?»

«Mehr oder weniger.»

«Ist der nicht ein bißchen groß für dich?»

«Ist ein Leihwagen ... Herrgott, warum fährt der denn nicht!» Carla drückte genervt auf die Hupe, aber der Corsa vor ihr blieb trotz Grünlicht stehen.

«Geliehen?» fragte Carlas Mutter erstaunt.

«Ja, ich muß ein bißchen Eindruck machen.»

Carlas Mutter sah ihre Tochter mit einem merkwürdigen Blick von der Seite an. «Und das neue Kostüm? Ist das auch ...?»

«Nein, das ist eine Investition in die Zukunft. Chanel, nett nicht?»

«Also, so ganz unwichtig kann der Termin ja nicht sein.»

Carla starrte hartnäckig durch die Windschutzscheibe. Aber der Müllwagen, der weiter vorn die ganze Straße blockierte, löste sich deshalb nicht in Luft auf.

«Also gut!» sagte sie unvermittelt. «Dann erkläre ich es dir.

Ich versuche, eine große Brauerei als Sponsor für ein Event mit mehreren Blues- und Rockbands zu gewinnen.»

«Warum bist du auf einmal so gereizt?» wollte ihre Mutter wissen.

«Weil das heute der wichtigste Termin in meinem Leben ist. Das ganze Konzept für dieses Event ist von mir. Das alles ist meine Idee. Und wenn ich die Brauerei jetzt nicht dafür erwärmen kann, dann platzt das Ganze wie eine Seifenblase», erklärte Carla unübersehbar gereizt.

«Ach, und jetzt mußt du zu dieser Brauerei?»

«Ja, Herrgott!» Carla wollte ihre Mutter nicht anfahren. Aber es ging seit Minuten nicht einen einzigen Meter vorwärts. «Wann mußt du genau dasein?» In der Stimme ihrer Mutter klang wieder dieser ‹Alles im Griff›-Tonfall mit. Früher, als sie noch klein war, hatte dieser Tonfall sie immer schlagartig beruhigt. Komischerweise funktionierte es auch heute noch. Carla sah auf die Uhr.

«In genau sechsundvierzig Minuten.»

Ihre Mutter schien die Situation im Kopf durchzugehen. «Dann fahr hier über den Bürgersteig und dann links in die Heinrich-Hertz-Straße rein.»

«Über den Bürgersteig?»

«Willst du zu dem wichtigsten Termin deines Lebens zu spät kommen?»

«Nein!»

«Also!» Damit war das Thema erledigt. Carla legte gehorsam den Gang ein und ignorierte fortan tapfer sämtliche Verkehrsregeln. Ihre Mutter bestand darauf, daß Carla sie nicht erst absetzte, sondern direkt zu ihrem Termin fuhr. Sie würde unten im Auto warten, und nachher könnten sie sich dann gemeinsam um die Windbeutel kümmern. Schließlich hatten sie dann sogar einen Grund zu feiern.

«Ach, übrigens, was ist eigentlich ein *Event*?» wollte Carlas Mutter wissen. Ihr Blick verriet, daß sie die rote Ampel wohl gesehen hatte. Aber dazu sagte sie kein Wort.

«Na, ein Erlebnis, ein Geschehen ... zum Beispiel, wenn in Hamburg die große Windjammerparade über die Elbe zieht. Und am Ufer Würstchenbuden stehen und dazu noch diverse Rockbands spielen. Dann ist das nicht nur eine einfache Parade. Dann ist das ein Event.»

«Aha.»

«Und das Ganze nenne ich dann ‹Sailing Blues›.»

«Ahh, das gefällt mir, ehrlich. Finde ich eine tolle Idee. Und wer tritt da so auf?»

«Der Megastar hat noch nicht wirklich zugesagt. Leider, sonst hätte ich die Brauerei wohl in der Tasche. Wenn der nicht zusagt, sponsern die das Ganze nie im Leben.»

«Wer ist denn der Megastar?»

«Joe Cocker.»

«Joe Cocker?» Ihre Mutter quiekte fast vor Überraschung. Dann machte sie sein charakteristisches Fingerschnippen nach. «Der Joe Cocker? Ich habe Joe Cocker gesehen, als du fünf warst!»

«Ach ja? Aber ich habe ja noch keine Zusage», sagte Carla resigniert.

«Und wenn du mal mit Joe Cocker sprichst ...»

Carla lachte laut auf. Ihre Mutter war eine wunderbare Frau, aber manchmal doch sehr naiv. «Mit Joe Cocker? Ich rede höchstens mit einem seiner Manager, und die lassen mich die ganze Zeit nur zappeln. Ich habe keine Ahnung, wie ich denen von der Brauerei am besten die Message rüberbringen kann.»

Das Gesicht ihrer Mutter verriet, daß sie keine Ahnung hatte, was eine Message war. «Na, wie ich denen das verkaufen soll, ohne die Zusage von Joe Cocker», erklärte Carla wehmütig.

«Ach so.»

Parkplätze gab es vor der Brauerei Gott sei Dank jede Menge. So verlor Carla keine wertvolle Zeit mit der Suche nach einer Abstellmöglichkeit für den Wagen. Ihre Mutter schaute bewundernd die neoklassizistische Fassade des Büroturms hinauf.

«Da mußt du rein?»

«Ja, entschuldige bitte, ich hab's eilig.» Carla fischte nach dem Koffer, der irgendwo neben den Beinen ihrer Mutter liegen mußte. «Also, du wartest hier, ja? Es kann allerdings ein wenig dauern ...»

«Ich habe Zeit», sagte Carlas Mutter und wünschte ihrer Tochter viel Glück. Dann sah sie Carla nach, wie sie in dem Gebäude verschwand.

Geduldig starrte Carlas Mutter durch die getönte Frontscheibe des BMW und wußte, daß es lange dauern konnte, bis ihre Tochter wieder aus dem Eingangsportal treten würde. Sie warf einen besorgten Blick auf die Windbeutel auf dem Rücksitz. Inzwischen hatte die Sonne doch einige Kraft entwickelt, und es war fraglich, ob die Windbeutel auch so geduldig durchhalten würden. Besser, sie aß schon mal einen, bevor womöglich alle verdorben sein würden.

Kaum hatte sie herzhaft in den gefüllten Brandteig gebissen, daß ihr der Puderzucker um die Nase stob, da klingelte das Autotelefon. Carlas Mutter warf einen irritierten Blick auf den Hörer, dann auf das Eingangsportal. Zaghaft nahm sie den Hörer ab.

«Hallo?»

«Hi there, how are you doing, this is Joe!» klang es auf englisch aus der Leitung.

Carlas Mutter versuchte sich klarzumachen, daß sie nun in einer anderen Sprache antworten mußte, das einzige Wort, das deutsch klang, war: «Joe?»

«Yeah, listen, that's a great idea: Sailing Blues, really great. I just want you to know, that I'm gonna sign that contract ...!»

Carlas Mutter saß steif wie ein Bügelbrett in dem weichen Ledersitz des BMW. Kein Zweifel: Das war Joe Cocker! Und er wollte kommen. Er wollte tatsächlich kommen.

«Hey, everything alright?» kam es zweifelnd aus dem Hörer.

«Yes, yes, Mr. Cocker. Yes, everything is alright. Thank you for calling.» Dann legte sie einfach auf. Sie war so aufgeregt, daß sie nicht wußte, was sie wohl als nächstes gesagt hätte. Völlig geistesabwesend starrte sie aus dem Fenster. Das Autogramm!? Das hatte sie ja völlig vergessen. Den Streifenwagen, der direkt hinter Carlas Auto gehalten hatte, hatte sie gar nicht bemerkt. Erst als ein Polizist ans Fenster klopfte, kam sie ein wenig zu sich.

«Alles in Ordnung?» fragte der Wachtmeister.

«Jetzt ja, danke. Joe Cocker hat zugesagt. Er wird meine Tochter nicht im Stich lassen ...»

In diesem Moment schien der Beamte den kleinen Schnäuzer aus Puderzucker bemerkt zu haben. «Haben wir hier ein kleines Drogenproblem?» fragte er, und sein Ton wurde ernst und mißtrauisch.

«Ich hoffe nicht, darüber sollte Joe hinweg sein. Ich habe davon gelesen, aber glauben tue ich das nicht.»

Der Polizist schien diesen Gedanken nicht folgen zu können. Offensichtlich hatte er hier eine verwirrte Rauschgiftsüchtige vor sich. Seine Haltung versteifte sich noch mehr zu hochoffizieller Größe.

«Was haben Sie denn da eben im Wagen zu sich genommen?»

«Ich?» fragte Carlas Mutter, die nicht verstand, worauf der Polizist hinauswollte. «Einen Windbeutel! Das ist doch wohl nicht verboten?»

«Wenn es kein Schneebeutel war!» sagte der Uniformierte belustigt.

«Schneebeutel? Sie meinen Baiser! Bestimmt nicht. Nein, ich weiß doch, was ich esse!» Energisch zog sie das Tablett vom Rücksitz hervor. «Hier, mögen Sie vielleicht auch einen?»

Der Polizist nahm einen der Windbeutel und untersuchte ihn skeptisch.

«Lassen Sie ihn sich schmecken!» Carlas Mutter wußte plötzlich, was zu tun war. Sie stieg aus dem Wagen. Carla mußte die frohe Kunde umgehend überbracht werden. Sie ließ den Polizisten, der immer noch unschlüssig den Windbeutel betrachtete, einfach stehen und ging auf das pompöse Eingangsportal zu.

«Hören Sie, ich suche die junge Dame, die hier eben gerade durchgegangen sein muß», sagte Carlas Mutter zum Pförtner hinter der Glasscheibe. «Sie hat hier eine Besprechung.»

«Mit wem verhandelt sie?»

«Das weiß ich nicht, aber es wird doch wohl möglich sein, das herauszufinden.»

Der Pförtner wurde schlagartig mißtrauisch. «Was wollen Sie denn von der Frau?»

«Ich muß dringend mit ihr reden, vielleicht versuchen Sie ...», sagte Carlas Mutter ungeduldig.

«Was haben Sie da eigentlich in der Hand?»

Carlas Mutter stutzte. «Hören Sie, ich habe es wirklich eilig. Wo finden denn solche Besprechungen für gewöhnlich statt?»

Der Pförtner rückte seine Dienstmütze zurecht. «Oben. Aber ich kann Sie natürlich nicht einfach so da raufassen!»

«Danke, ich finde mich sicher schon allein zurecht», sagte Carlas Mutter und ging weiter zu den Aufzügen. Ehe der Pförtner es schaffte, aus seinem Glaskabuff zu kommen und sie daran zu hindern, war sie im Aufzug. Der Pförtner hastete zurück und wählte hektisch eine Nummer.

«Hier war gerade eine Frau, die ist einfach durchgegangen und hat den Aufzug genommen ... Ich habe keine Ahnung, was die wollte, aber ... Sie hatte ein komisches Paket mit Silberfolie dabei.»

Wenn Carlas Mutter gewußt hätte, was sie da ausgelöst hatte, wäre sie stehengeblieben und hätte gewartet, bis der Pförtner endlich seinen Hintern hochgekriegt und etwas unternommen hätte. Aber so irrte sie in den Fluren der oberen Stockwerke herum und bemerkte gar nicht, daß ein ganzer Trupp von Sicherheitsleuten hinter ihr her war.

Gerd Hartig, Evelyn Hamann

Evelyn Hamann, Gerit Kling

Carla hatte unterdessen einen schweren Stand bei ihren Verhandlungen. Offensichtlich war Fredersdorf, der entscheidende Mann, nicht so recht überzeugt. Die ganze Zeit über hatte er lustlos in dem Prospektmaterial geblättert, der Plakatentwurf schien ihn nicht wirklich zu begeistern. Allmählich sah Carla ihre Felle davonschwimmen. Immer wieder wollte Fredersdorf wissen, was denn jetzt das Event sei. Das eigentliche Highlight. Und immer wieder fragte er, wie das mit Joe Cocker wäre. Carla wiegelte seine Fragen ab. Doch dann reichte es Fredersdorf. Er wollte jetzt endlich wissen, ob die Zusage von Joe Cocker stand oder nicht. Carla wußte, wenn sie jetzt ‹nein› sagte, dann wäre alles verloren. Krampfhaft dachte sie nach, wie sie sich ein weiteres Mal aus der Affäre ziehen könnte. Sie hatte Glück. In diesem Moment klingelte das Telefon. Fredersdorf nahm ab.

«Was?» fragte er nach einigen Sekunden und sah vollkommen irritiert in die Runde. «Ist das Ihr Ernst? Na gut … Wir kommen.»

Fredersdorf legte auf.

«Ein denkwürdiger Tag. Irgendwo in diesem Haus läuft eine Verrückte herum. Keiner weiß genau, was sie will, aber sie ist wohl auf der Jagd nach jemandem. Und sie scheint mit etwas bewaffnet zu sein, einer Bombe oder so etwas. Offenbar geht der Sicherheitsdienst davon aus, daß wir hier nicht sicher sind … Daher, meine Damen und Herren, verlegen wir den Tagungsort ins Erdgeschoß, wenn ich bitten darf …»

Fredersdorf stand auf und packte seine Sachen zusammen. Alle folgten seinem Beispiel.

«Sehen Sie», sagte Fredersdorf auf dem Weg zum Fahrstuhl zu Carla. «Was mich interessiert, ist ein Event, das mich umhaut. Wenn wenigstens die Verträge mit Joe Cocker unter Dach und Fach sind. Da sind wir schon ein gutes Stück weiter. Oder vielleicht etwas schock...»

Fredersdorf hatte mitten im Wort abgebrochen. Die Fahrstuhltüren waren aufgegangen, und Fredersdorf samt aller seiner Kollegen waren erst bleich geworden und hatten dann einen Schritt zurück gemacht.

Carlas Mutter machte einen erfreuten Schritt aus dem Fahrkorb und rief Carlas Namen. Fredersdorfs Reaktionen waren verblüffend. Während seine Kollegen nur einen Schritt zurückwichen, zog Fredersdorf Carla am Ärmel an sich heran und trat dann schützend vor sie. «Da ist sie! Sie ist hinter Ihnen her. Laufen Sie!» Dann schubste er Carla ein Stück den Gang hinunter und baute sich kampfbereit vor Carlas Mutter auf.

Carla verstand nicht, was Fredersdorf meinte. Das hier war doch nur ihre Mutter, die wieder einen einigermaßen peinlichen Auftritt hatte.

«Joe Cocker hat zugesagt!» rief Carlas Mutter an dem zu allem entschlossenen Fredersdorf vorbei.

«In Ordnung. Vielen Dank», rief Carla zurück und drängte sich wieder an Fredersdorf vorbei. «Darf ich Ihnen meine Mutter vorstellen? Sie wollte lediglich die gute Nachricht überbringen.»

«Tatsächlich?» sagte Fredersdorf und entspannte sich langsam wieder. «Na, die Nachricht ist angekommen! ... Sehen Sie, so was nenne ich ein Event. Meine Güte, ich dachte wirklich schon ...»

Carla fiel es wie Schuppen von den Augen. Das war die Rettung! «Das dachte ich mir, daß Ihnen das gefallen würde. Eigentlich hätte sie etwas früher kommen sollen.»

«Das konnte ich doch nicht, der Pförtner hat mich aufgehalten und wollte mich nicht hochlassen», entschuldigte sich Carlas Mutter.

Carla sah, wie bei Fredersdorf der Brocken kieselweise ins Rollen kam. «Sie haben das inszeniert!?» fragte er ungläubig. «Sie haben das alles inszeniert? Wissen Sie, was da hätte passieren können?»

«Es war ein bißchen an der Grenze. Aber für ein außergewöhnliches Event muß man schon mal was riskieren.» Carla hoffte inständig, daß ihre Mutter jetzt die Klappe halten würde oder zumindest nichts Dummes sagte. Aber ihre Mutter hatte schon begriffen, wie der Hase lief.

«Um unsere Message rüberzubringen, gehen wir immer an die Grenzen. Nur dann hat man auch Erfolg», trompetete sie. «Darf ich den Herrschaften nun einen Windjammerbeutel anbieten?» Sie schlug die Silberfolie zurück und drängte jedem einen Windbeutel auf. Alle griffen gedankenverloren zu.

Fredersdorf biß in einen Windbeutel und bemerkte kopfschüttelnd: «Eine famose Idee. Die haut einen glatt um. Und die Zusage von Joe Cocker haben Sie?» fragte er vorsorglich noch einmal.

«Die ist unter Dach und Fach», erklärte Carla und zwinkerte ihrer Mutter zu.

«Gut. Ich denke, einem Sponsoring steht dann wohl nichts mehr im Wege. Was sollten wir da jetzt noch groß besprechen?»

Carla war begeistert. Sie schüttelte jedem mit Puderzucker bestäubten Anzugträger noch mal die Hand und verabschiedete sich. Als sich die Aufzugtüren geschlossen hatten, kicherten Mutter und Tochter hemmungslos. Plötzlich betrachtete

Carla den Windbeutel, den sie in der Hand hielt. Dann sah sie ihre Mutter ernst an.

«Mama, ich liebe dich. Dich und deine Einfälle!»

«Ich liebe dich auch, mein Kind», sagte ihre Mutter und biß herzhaft in den übriggebliebenen Windbeutel.

Endlich Urlaub

Wochenlang hatte sich Gertrud Weißmann auf diesen Urlaub vorbereitet und in der ruhig gelegenen Vorstadtsiedlung Hektik verbreitet. Sie hatte einen Schwedischkurs an der Volkshochschule belegt und ellenlange Listen angefertigt mit Dingen, die noch vor dem Antritt der Reise zu erledigen waren. Trotzdem wurde am Tag der Abreise die Zeit knapp. Wuschel, der Familienhund, schaute ihr bettelnd zu, als sie den Reiseproviant vorbereitete. Wahrscheinlich hätte er liebend gern nach der einen oder anderen Wurstscheibe geschnappt. Aber er bekam nur sein übliches Trockenfutter, und gut. Eigentlich hätte Gertrud den Golden Retriever heute gerne ein wenig verwöhnt. Es tat ihr in der Seele weh, den Hund hier zurücklassen zu müssen. Aber in dem Wagen war einfach kein Platz mehr.

«So, mein Kleiner, laß es dir schmecken! Du mußt heute stark sein.» Wuschel schaute sie mit großen dunklen Augen an. Das arme Tier ahnte ja nicht, was auf es zukam. Wirklich schade, daß wir ihn nicht mitnehmen können, dachte Gertrud.

«Drei Wochen Urlaub, die wirst du schon ertragen.»

«Ja klar, das macht mir nichts aus.»

Gertrud schaute auf. Ihr Mann war in seine Straßenkarten vertieft und fuhr mit dem Finger die Route ab.

«Ich habe mit dem Hund gesprochen», stellte Gertrud klar und widmete sich wieder den Broten. Auf dem Küchentisch hatte sie den Abreißblock mit den Listen. Zur Kontrolle zählte sie nochmals den Haufen der Brote durch und machte Striche hinter der Kategorie Pute, Salami und Mortadella. Auch wenn die ganze Arbeit an ihr hängenblieb, freute sie sich auf die Reise nach Schweden.

«Oh, diese Musik, das ist doch ein gutes Omen. Wenn man nach Schweden fährt und schwedische Musik im Radio läuft!»

Werner sah kurz zu dem Radio hinüber. Einen Moment war er irritiert, dann sagte er: «Edvard Grieg war Norweger, Schatz!»

Dieser elende Besserwisser. Wenigstens heute könnte er doch mal über solche Kleinigkeiten hinwegsehen. «Norwegen, Schweden! Ist doch alles Skandinavien, oder nicht?» Gertrud macht drei Striche hinter Pute und zwei hinter Mortadella, damit hatte sie das Proviantsoll erfüllt. Sie warf einen Blick auf die Uhr. «Schon Viertel nach sieben!»

«Ist noch jede Menge Zeit, Trude!»

Werner hatte gut reden. Wenn man bedachte, was noch alles zu erledigen war.

«Aber Birgit muß jetzt endlich aufstehen.» Gertrud machte sich auf den Weg ins Obergeschoß in Birgits Zimmer. Im Flur klingelte das Telefon. Gertrud mußte sich über die Koffer beugen, um an den Hörer zu kommen. Es war ihre Mutter. Wieder fing sie mit der alten Leier an, daß sie mit nach Schweden wollte. Aber das ging nicht, weil das Auto voll war. Schließlich mußten sie auch den Hund dalassen, und an dem hing Gertrud nun wirklich. Außerdem hatte sie es in der ‹Schattigen Kastanie› wirklich gut. So eine Reise hingegen wäre doch nur eine unnötige Strapaze. Der Alarm des Eierkochers beendete Gott sei Dank das Gespräch, bevor ihre Mutter sich weiter über Gertruds Ehe und ihren unfähigen Gatten auslassen konnte.

«Trude, der Eierkocher!» rief Werner aus der Küche.

Daß dieser Kerl aber auch nicht einmal selbst Hand anlegen konnte! Trude legte auf und wollte in die Küche. Da sah sie ihren teuren Nerzmantel an der Garderobe hängen. Den hatte sie völlig vergessen. Im Flur konnte er nun wirklich nicht bleiben. Sie nahm ihn unter den Arm, hastete in die Küche und schaltete den Eierkocher aus. Dann schreckte sie die Eier ab und verstaute den Pelz in dem Putzkabuff, neben den Schrubbern und Besen.

«Was soll das?» fragte Werner und zeigte auf das Kabuff.

«Wenn hier einer einbricht, sucht er bestimmt nicht in der Putzkammer. An diesem Pelz hänge ich. Der wird nicht geklaut.» Die Eier. Gertrud machte ein weiteres Häkchen auf ihrer Liste. Aus dem Radio ertönte das Signal des Verkehrsfunks. Werner lauschte angestrengt.

«Zähfließender Verkehr auf der A1. Das ist kurz vor Stau. Wir werden zu spät kommen, und die ‹Pippi Langstrumpf› legt ohne uns ab.»

«Na, na, na!» wehrte Werner ab.

Jetzt wurde es aber allerhöchste Zeit, daß Birgit aufstand. Erfreulicherweise war ihre Tochter bereits wach. Der Duft von Räucherkerzen lag schon am frühen Morgen in der Luft. Wahrscheinlich hing er in all diesen Batiktüchern fest. Birgit saß mit geschlossenen Augen im Lotussitz auf ihrem Bett und meditierte.

«Du bist ja schon wach!» stellte Gertrud erstaunt fest.

«Du weißt doch, daß ich neuerdings immer früh aufstehe, um die positiven Schwingungen des Morgenlichts in mich aufzunehmen.»

«Ja, ja. Nun ist aber genug aufgenommen. Es wäre schön, wenn du jetzt mal in die Hufe kommst. Du weißt, wir haben es eilig.»

In der Mitte des Zimmers stand Birgits Koffer. Gertrud war angenehm überrascht. Ein Hoffnungsschimmer, vielleicht wurde ja ihre Tochter doch noch mal vernünftig. Sie hob den Koffer an, um ihn zu den anderen in den Flur zu stellen. Der Koffer war viel zu leicht. Er war leer!

«Da ist doch gar nichts drin! Birgit, den solltest du doch gestern abend schon …»

«Du hast versprochen, mich ‹Kleine Mondsichel› zu nennen, Mama!»

«Schon gut, schon gut. Also, kleiner Mondmichel. Ich möchte, daß du jetzt den Koffer packst, damit ich ihn von meiner Liste streichen kann.»

Jetzt hieß eigentlich sofort, aber Gertrud war nicht wirklich beunruhigt, als sie sah, daß Birgit unbeirrt ihre Meditation fortsetzte.

An der Haustür klingelte es. Gertrud hastete wieder hinunter. Es war unwahrscheinlich, daß sich Werner um irgend etwas kümmerte, wenn sie es ihm nicht ausdrücklich auftrug.

«Beginn einer Ferienreise», kommentierte Oliver mit einem strahlenden Lächeln. Gertrud kniff die Augen zusammen, weil sie von dem Blitzlicht geblendet wurde.

«Oliver! So wie ich aussehe! Kannst du deine Fotos nicht machen, wenn ich fertig bin?»

«Das wäre nicht realistisch genug. Hallo, Mama!» Oliver drängte sich an ihr vorbei ins Haus und stellte seinen Koffer zu den anderen im Flur. Gertrud seufzte erleichtert. Wenigstens der Junge war pünktlich eingetroffen. Sie konnte zwei weitere Häkchen auf ihrer Checkliste verbuchen.

Gerade als sie die Haustür schließen wollte, entdeckte sie diese ewig neugierige Frau Korthals auf dem Nachbargrundstück. Gertrud winkte freundlich hinüber. Schließlich sollte Frau Korthals das Haus einhüten.

«Ach, Frau Weißmann! Ist das nicht der Oliver?»

«Ja, ja, Frau Korthals, der wohnt jetzt in der Stadt. Will sich einen Namen als Fotograf machen.»

«So! Und richtig erwachsen ist er geworden. Hat er denn schon eine kleine Freundin?»

Gertrud beschloß, diesen Anfall unverschämter Neugier einfach zu ignorieren. «Oh, ich freue mich ja schon so auf die Reise. In ein paar Stunden sind wir auf der ‹Pippi Langstrumpf›.»

«Tatsächlich?» fragte Frau Korthals und stützte sich interessiert auf ihrer Seite des Jägerzaunes auf.

«Das ist ein ganz neues Schiff, gerade erst in Dienst gestellt. Von Travemünde nach Trelleborg. 56 000 Bruttoregistertonnen», plapperte Gertrud drauflos. Schließlich mußte die gute Frau Korthals bei Laune gehalten werden.

«Ich weiß ja nicht … Ein ganz neues Schiff, wenn das mal nicht noch Kinderkrankheiten hat.»

«Und erst die lukullischen Abenteuer am original schwedischen Kapitäns-Büfett!»

«Also ich mach mir ja nichts aus Fisch», behauptete Frau Korthals schnippisch und zupfte ihr Kopftuch zurecht.

«Weiträumiges Promenadendeck. Da spannen wir dann mal richtig aus. Das Meer und die frische Luft, das wird bestimmt herrlich», fuhr Gertrud ungerührt fort.

«Daß Sie sich da mal keinen Sonnenbrand holen!»

Das mußte gerade die Korthals sagen. Sie war es doch, die immer nur halb angezogen durchs Viertel lief. Bei diesem Fetzen von Sommerkleid, den sie da trug, waren mindestens zwei Bahnen Stoff zuwenig verarbeitet worden. Und sie ließ weit mehr Knöpfe offen, als es der Hersteller vorgesehen hatte.

«Ja, ja. Jetzt muß ich aber wirklich was schaffen. Zähfließender Verkehr auf der A1. Das könnte eng werden. Also, nachher bringe ich Ihnen dann den Hund rüber.» Gertrud wollte zurück ins Haus eilen, aber diese neugierige Person ließ einfach nicht locker.

«Aber eine Freundin hat Ihr Oliver noch nicht?» hakte die Korthals hartnäckig nach.

Da half nur noch, auf dumm zu schalten. «Ja, ja, die Pippi Langstrumpf! Bis nachher also!»

Gertrud stöhnte erleichtert auf, als sie endlich die Haustür hinter sich geschlossen hatte. «Diese Korthals macht mich noch kirre!»

Birgits Koffer war inzwischen im Flur eingetroffen. Mißtrauisch hob sie ihn an. Er war tonnenschwer.

«Birgit!» schrie Gertrud schrill.

Birgit und Oliver kamen aus der Küche, um zu sehen, was geschehen war. Oliver hatte ein Brot mit Putenbrust in der Hand.

«Birgit, ich bitte dich. Was ist in diesem Koffer! Und Oliver, laß meine Vorräte in Ruhe, die sind abgezählt!»

«Kleine Mondsichel», wies Birgit ihre Mutter zurecht.

«Was ist in dem Koffer?»

«So gut wie nichts. Nur meine Steine!»

«Deine was?» fragte Gertrud ungläubig.

«Opale, Lapislazuli, Jade und ein Wackerstein für meine Edelsteintherapie. Die sollen in Schweden die kosmische Energie der Mitternachtssonne aufnehmen.»

«Also nee, Birgit.»

«Kleine Mondsichel.»

«Gut, daß unsere Gehwegplatten keine Bestrahlung brauchen», mischte sich Oliver belustigt ein.

«Halt die Klappe, Oliver», fuhr ihn seine Mutter an.

«Genau. Wenn schon, könntest du mich wenigstens mal unterstützen. Schließlich verzichte ich euretwegen auf meinen Workshop in der Toskana!»

«Ich wüßte auch was Besseres, als mit den Eltern nach Schweden zu düsen!» verteidigte sich Oliver. «Aber Mutter hat es sich nun mal gewünscht.»

Diese undankbaren Gören. Statt ihr unter die Arme zu greifen, sabotierten sie Gertruds Reisevorbereitungen, wo sie nur konnten.

«Der Urlaub wird uns allen guttun. Und die Steine bleiben hier!»

«Nicht ohne meine Steine. Dann komme ich nicht mit!» maulte Birgit.

«Also schön», gab Gertrud nach. «Dann setze ich halt noch Übergewicht, das wir auf der ‹Pippi Langstrumpf› zahlen müssen, auf meine Liste. Aber komm mir in Schweden nicht mit der Frage nach Taschengeld!» Gertrud notierte den neuen Posten auf der Liste und machte sich auf die Suche nach ihrem Mann. Werner stand auf der Terrasse und sah verträumt nach seinen Blumen. Typisch, der hatte wieder nichts anderes im Kopf als seine Pflanzen.

«Die Hortensien werden verblüht sein, wenn wir wiederkommen. Hoffentlich ist bis dahin nicht alles verdorrt», seufzte er.

«Ach Unsinn, Werner! Frau Korthals wird sich um alles hier kümmern. Ich habe ihr ganz ausführliche Listen geschrieben. Sieh jetzt zu, daß wir den Wagen vollkriegen ... Ach, eins noch, Werner! Die Inspektion! Du hast den Wagen doch letzte Woche zur Inspektion gebracht?»

«Inspektion? ... Aber ja!» entgegnete Werner unkonzentriert und bewegte sich endlich Richtung Garage, um das Auto zu holen.

«Na, dann kann ich das ja auch abhaken.»

Eine knappe Stunde später war der Wagen gepackt. Gertrud war erleichtert. Jetzt mußte sie nur noch Frau Korthals instruieren. Sie legte Wuschel die Leine an und nahm ihn mit.

«Also, hier ist der Hund. Und hier steht alles ... Nachts übergibt er sich manchmal, da müssen Sie sich nichts denken.»

«Ach ja?» Frau Korthals sah entsetzt zu dem Hund hinunter.

«So, und hier die Liste für das Haus. Der Code der Alarmanlage. Vergessen Sie bloß nicht, die auszuschalten. Innerhalb von zehn Sekunden müssen Sie diese Zahlen eingeben, sonst geht die Sirene los. Türen kontrollieren, Kellertür, Dachluke ... Ach, und hier der Sprengungsplan für den Garten. Das ist sehr wichtig, mein Mann hängt doch so an seinen Blumen.»

«Ja, ja, ich mach das schon», bog Frau Korthals eventuelle Vorträge über die moderne Gartenbaukunst ab.

«Gertrud, wenn wir heute noch nach Trelleborg wollen, müssen wir jetzt los!» rief Werner.

«Nun laß mich eben noch mal mit Frau Korthals reden», rief Gertrud zurück. «... Dreimal täglich lüften, ... ach nein, das muß wöchentlich heißen.» Gertrud korrigierte den Fehler auf der Liste.

«Trude!» drängelte Werner schon wieder.

«Bin ja schon fertig, mein Gott ... Also, Frau Korthals! Schöne Ferien! ... Ach Unsinn, was red ich? Wir fahren ja in Urlaub. Gott, ich bin schon ganz durcheinander. Also, ... dann bleiben Sie eben schön hier!»

Gertrud schüttelte Frau Korthals die Hand und verabschiedete sich.

«Sie können ganz beruhigt sein, Frau Weißmann! Ihr Haus ist bei mir in den allerbesten Händen!» rief sie Gertrud nach.

Gertrud stieg in den Wagen. Werner fuhr langsam an. Dann stoppte er und setzte ein gutes Stück zurück. Gertrud stieg aus dem Wagen und eilte ins Haus. «Die Kaffeemaschine!» rief sie Frau Korthals im Vorbeigehen zu.

Die Alarmanlage schrillte los.

«Den Code! Geben Sie den Code ein!» rief Gertrud Frau Korthals zu. Sie stand ja schließlich gleich neben dem Zahlenschloß an der Auffahrt. Frau Korthals tippte nervös die Zahlen ein, und die Sirene verstummte.

«Sie war natürlich doch abgeschaltet!» erklärte Gertrud wenig später der kopfschüttelnden Frau Korthals. Sie ging nochmals an den Zaun und tätschelte Wuschel. «Sei schön brav, und mach Frau Korthals keinen Ärger!»

«Das wird er schon nicht, Frau Weißmann. Ich glaube, Ihr Mann wartet.»

Gertrud sah zum Auto. Eigentlich war noch so viel zu regeln, so viel zu sagen. Am liebsten wäre sie alle Listen mit Frau Korthals nochmals durchgegangen. Aber Werner und die Kinder schauten schon ungeduldig. Bevor Gertrud den Wagen erreichte, klingelte das Telefon.

«Oma!» erscholl es wie aus einem Mund aus dem Auto.

Gertrud hastete zurück, schließlich konnte es auch was Wichtiges sein. Diesmal brauchte sie Frau Korthals nicht erst aufzufordern, die Alarmanlage auszuschalten. Dafür vertippte sich die Korthals zweimal, und es dauerte fast eine Ewigkeit, bis das nervige Geheul endlich verstummte. Natürlich war es Gertruds Mutter, die sich noch einmal beschweren wollte, daß sie nicht mitdurfte.

«Diese Frau macht mich noch wahnsinnig!» rief Gertrud, als sie ihre Mutter endlich abgeschüttelt hatte. «Ich glaube, jetzt können wir», sagte sie, nachdem sie endlich ihren Platz im Auto eingenommen hatte.

«Wird aber auch allerhöchste Eisenbahn», grunzte Werner.

«Moment, ich glaube, ich muß noch mal aufs Klo», rief Birgit plötzlich.

«Hättest du das nicht vor fünf Minuten machen können?» fragte Gertrud verärgert.

«Da mußte ich aber noch nicht!»

«Sagen dir denn so was deine Steine nicht?» fragte Gertrud ihre Tochter genervt.

«Ich beeile mich ja.» Gertrud nahm ihrer Mutter den Schlüssel aus der Hand und lief los.

«Und vergiß nicht, die Tür wieder abzuschließen.»

«Lauf, kleine Mondsichel, lauf», kicherte Oliver.

Erbarmungslos nahm die Alarmanlage ihren Dienst auf.

Man hätte meinen sollen, daß die Korthals allmählich Übung hatte, aber sie wurde immer nervöser im Umgang mit dem Sicherheitssystem.

Gertrud nutzte die Verzögerung und sah noch einmal ihre Listen durch. «O Gott», stieß sie aus und kurbelte das Fenster runter. «Ach, Frau Korthals!» rief sie. «Im Garten bei der Terrasse, da müssen Sie vorsichtig sein. Da ist ein Wespennest.»

«Ein was?»

«Ein Wespennest!» rief Gertrud noch lauter.

«Verstehe», rief Frau Korthals zurück.

«Und denken Sie bloß an die Alarmanlage. Sie wissen schon, sonst beschweren sich womöglich die Nachbarn.» Frau Korthals nickte verständnisvoll.

Alle außer Gertrud atmeten erleichtert auf, als der Wagen endlich auf die Autobahn einbog. Gertrud war noch immer mit ihren Listen beschäftigt und überlegte, was sie wohl alles vergessen haben könnte. Oder was diese dusselige Korthals alles mißverstanden haben könnte. Im Radio kam die Durchsage, daß sich der zähfließende Verkehr auf der A1 aufgelöst hatte. Dem Ferienbeginn stand nun nichts mehr im Wege.

«Na also», freute sich Werner. «Dann schaffen wir auch die Fähre!»

«Ich weiß nicht», sagte Oliver unsicher. «Irgendwas tuckert hier.»

«Das sind Birgits Steine!» erklärte Gertrud kategorisch. Am Wagen konnte nichts sein, der war ja gerade erst in der Inspektion gewesen.

Als Gertrud Werners Gesicht sah, ahnte sie: Es waren nicht die Steine.

«Ich fahre mal eben rechts ran!» In diesem Moment kam auch schon dichter Qualm vorne aus der Motorhaube.

«Werner! Davon steht nichts auf meiner Liste!» kreischte Gertrud hysterisch. Von der Hinterbank fotografierte Oliver die Motorhaube. Laut hupend rasten einige Wagen an ihnen vorbei.

«Werner!» sagte Gertrud noch einmal. Diesmal klang es eher wie eine Drohung.

«Ja, ja», grunzte Werner und versuchte, durch den Qualm die Straße wiederzufinden. Sekunden später hielten sie auf dem Randstreifen, und der Motor verabschiedete sich mit einem letzten Ruckeln und Röcheln. Gertrud fühlte, wie sie sich einem Nervenzusammenbruch näherte. Sie schlug die Hände vors Gesicht und sah nicht mehr hin.

«Oliver! Das Warndreieck!» rief Werner und stieg vorsichtig aus. Oliver folgte ihm.

Oliver spurtete gute zweihundert Meter zurück, um das Warndreieck aufzustellen. Werner ging währenddessen um den Wagen herum und öffnete die Motorhaube. Eine dicke Schwade entwich. Werner fächelte mit der Hand den Qualm beiseite und sah kurz auf seinen Motorblock.

«Kolben geplatzt!» rief er.

Gertrud hatte nichts mehr gesagt. Sie hatte auch nicht die Absicht, dazu noch etwas zu sagen. Ihr war jetzt mehr nach heulen zumute. Wenn sie sich schon mal auf etwas so richtig freute! Dabei hatte sie die Reise so gut geplant. Sie hatte wirklich alles getan, was nötig war, um für jeden nur erdenklichen Fall Vorsorge zu treffen. Was sollte man denn noch tun, außer den Wagen vor der Reise inspizieren zu lassen?

«Werner!»

Werner schaute seine Frau angespannt durch das heruntergekurbelte Seitenfenster an.

«Werner Weißmann, guck mir in die Augen! ... Warst du bei der Inspektion?» Gertrud brauchte nicht lange in Werners Gesicht zu suchen. «O nein! Wie konntest du nur ...» Ihr Drang zu heulen wich einem aufkommenden Wutanfall.

«Ich hab's halt vergessen!» entschuldigte sich Werner kleinlaut.

«Und die Fähre! Das ist doch alles schon bezahlt. Von dem Geld sehen wir keinen Pfennig wieder!»

«Ende einer Ferienreise!» kommentierte Oliver und schoß schon wieder Fotos.

«Oliver! Laß das jetzt!» fuhr Gertrud ihren Sohn an und wandte sich gleich wieder Werner zu: «Wie konntest du das vergessen? Ich hatte dir doch alles aufgeschrieben. Auf deine Liste!»

«Jetzt ist aber Schluß», legte Werner plötzlich los. «Jetzt sag ich dir mal was, Trude. Deine Listen kannst du dir ... na, du weißt schon! Seit Wochen geht mir das auf die Nerven. Ewig diese Listen. Das sollte ein Urlaub werden. Zum Erholen! Und Wochen vorher fängt dieser verdammte Streß mit deinen Listen an. Ewig heißt es: Werner, tu dies, Werner, denk an das, ach was, ich schreib es dir auf. Werner, hast du auch alles auf deiner Liste erledigt? Ich kann das Wort Liste jetzt nicht mehr hören!»

«Erlaube mal ...» Gertrud war es nicht gewohnt, daß Werner so mit ihr sprach. Woher nahm er überhaupt das Recht dazu? Schließlich hatte er die ganze Zeit über in seinem Sessel gehockt und ihr die ganze Vorbereitung für diesen Urlaub aufgebürdet.

Gerd Baltus, Evelyn Hamann

Evelyn Hamann, Chiara Schoras,
Fabian Harloff, Gerd Baltus

«Nichts erlaube ich. Ehrlich gesagt bin ich heilfroh, daß der Motor verreckt ist. Immer noch besser, als wenn ich selbst irgendwann verreckt wäre. Ich wollte mich nur ein bißchen ins Grüne setzen und entspannen. Das muß weiß Gott nicht in Schweden sein! Das geht auch wunderbar zu Haues. So, und jetzt gehe ich den Pannendienst holen.»

Gertrud sah ihrem Mann fassungslos nach. Dann stiegen ihr die Tränen in die Augen. So eine Ungerechtigkeit! Sie wollte doch den schönen Urlaub so perfekt und erholsam wie möglich machen. Vorher an alles gedacht, hieß doch, sich in Schweden völlig der Entspannung hingeben zu können. Was wollte denn dieser Mann? Am liebsten hätte sie dieser Mistkarre von Auto einen kräftigen Tritt in den Kotflügel verpaßt.

Bis jetzt hatten die Kinder betroffen geschwiegen.

«Mama, jetzt wein doch nicht! Vater beruhigt sich schon wieder. Irgendwie hat doch alles im Leben seinen Sinn!» versuchte Birgit sie zu trösten. Kinder, was wußten die schon? Für sie hatte Gertrud doch diesen ganzen Zirkus auf sich geladen.

«Birgit, meine kleine Mondsichel», schluchzte Gertrud.

«Na, jetzt kann ich doch in die Toskana zu dem Workshop für ‹Afrikanisches Trommeln›!»

«Aber die Reise hatte ich doch gerade für euch geplant! Ich mach mir ja gar nichts aus schwedischem Fisch. Ich dachte nur, daß ihr mal was anderes zu sehen bekommt.»

«Das ist ja gerade das Problem», mischte sich Oliver ein. «Du mußt ewig alles planen. Und dann geht halt immer was schief. Laß doch die Dinge einfach mal auf dich zukommen.»

«Genau», stimmte Birgit ihrem Bruder zu.

Wenn das so einfach wäre. «Dann geht doch noch viel mehr

schief! Was glaubt ihr denn, woran wir alles nicht gedacht hätten, wenn ich keine Listen gemacht hätte?!» beharrte Gertrud.

«Das ist Murphys Gesetz: Was schiefgehen kann, geht auch schief», erklärte Oliver. «Aber wenn man nicht immer schon weiß, was alles schiefgeht, gibt es viel weniger Streß!»

«Mama! Du mußt diese Listen endlich wegschmeißen.»

«Meine Listen?» fragte Gertrud argwöhnisch. Was hatten denn ihre Listen damit zu tun, daß ihr schusseliger Ehemann vergaß, den Wagen zur Inspektion zu bringen?

«Diese Listen sind doch für dich wie die Flasche für den Alkoholiker!»

«Was?» fragte Gertrud ungläubig.

«Tu es! Schmeiß sie weg, und es wird dir gleich bessergehen!»

«Meint ihr wirklich?» Gertrud war zwar nicht überzeugt, aber so verzweifelt, wie sie jetzt war, war es einen Versuch wert. Außerdem half es womöglich, ihre Wut über den versauten Urlaub abzubauen.

«Ja!» riefen die Kinder aus tiefster Überzeugung.

«Na gut», sagte Gertrud zögerlich und warf dann mit einem Schwung alle ihre Listen aus dem offenen Fahrzeugfenster.

Es dauerte fast eine Stunde, bis Werner zurückkam. Er fand seine Familie unerwartet gutgelaunt auf dem Grasstreifen der Standspur sitzen.

«Der Abschleppwagen muß jeden Moment kommen!» sagte er erleichtert und setzte sich ebenfalls ins Gras. «Seht mal, jede Menge polygonum bistorta, im Volksmund Wiesenknöterich. Und was für schöne Exemplare.»

Sein Blick fiel auf ein Stück Papier.

«Wenn die Leute nur nicht immer ihren Müll ...» Er betrachtete das aufgehobene Stück Papier und erkannte eine von Gertruds Listen.

«Ach Werner», seufzte Gertrud. «Die brauchen wir jetzt wohl nicht mehr!»

Werner ließ das Papier los und sah ihm erleichtert nach, wie es den kleinen Autobahndamm hinuntersegelte. Dann küßte er seine Frau versöhnlich.

«Ehrlich gesagt, ich habe gewaltigen Hunger!» bemerkte Werner. «Haben wir an etwas zu essen gedacht?»

«Aber natürlich!» entrüstete sich Gertrud. «Das stand doch ganz oben auf der …» Gertrud brach ab und korrigierte sich schnell: «Ich glaube, die Kühltasche steht auf der Rückbank!»

Oliver hatte sie schon hervorgekramt und verteilte belegte Brote und Getränke. Jetzt konnte es vielleicht doch noch ein schöner erster Ferientag werden.

Wenn sie wieder zu Hause wären, müßte als erstes mal der Wagen repariert werden. Dann mußte eingekauft werden, und ins Reisebüro sollte sie auch gleich morgen. Hoffentlich konnte sie sich das alles merken. Egal, notfalls machte sie eben eine Liste. Gertrud biß von einer großen Scheibe Graubrot mit Putenbrust ab und ließ den Blick in die Ferne schweifen. Womöglich genügte es aber auch, sich darüber erst morgen Gedanken zu machen.

Der Wasserhahn

Laura genoß es, den späten Nachmittag an ihrem weißen Bechstein-Flügel zu verbringen. Eine Sonderanfertigung. Das Modell EM war sonst nur in Schwarz erhältlich. Aber Schwarz paßte einfach nicht zu ihren Louis-Quinze-Stühlen. Die waren schließlich auch weiß, wie es sich gehörte. Nachdem sie den halben Tag damit zugebracht hatte zu üben, waren die frühen Abendstunden gewöhnlich ihren Lieblingsstücken vorbehalten. Natürlich Chopin. Heute hatte sie sich für die Nocturne Nr. 19 entschieden, E-Moll.

Weit kam sie nicht, bis an der Tür geklingelt wurde. Aber das hatte sie eigentlich auch erwartet. Laura erhob sich von dem Flügel, eilte ins Bad und betrachtete sich im Spiegel. Zwei Strähnen hatten sich aus dem Haarknoten gelöst. Geschickt fädelte sie die Ausreißer wieder ein und beeilte sich, die Tür zu öffnen.

«Liebe, gnädige Frau ...!» begrüßte sie Herr Schmandt überschwenglich.

«O Gott, da sind Sie ja schon! Ich habe gar nicht bemerkt, daß es schon so spät ist», flötete Laura.

Herr Schmandt verbeugte sich leicht und überreichte ihr einen Blumenstrauß.

«Aber ich bitte Sie, Herr Schmandt, das wäre doch nun wirklich nicht nötig gewesen.» Laura trat beiseite und ließ die beiden Männer in die Wohnung.

«Nur eine kleine Aufmerksamkeit. Wo Sie doch so freundlich waren, unserem kleinen Sender das Interview zu gewähren. Das ist übrigens mein Kollege Steinke, der Toningenieur.»

«Böckelmann, sehr erfreut ...», begrüßte Laura den unpassend leger gekleideten jungen Mann, der mit allerlei technischem Gerät behängt war.

«Entschuldigen Sie mich bitte noch einen Moment», erklärte Laura und wies den beiden Männern den Weg ins Wohnzimmer. «Ich hole eben eine Vase, wäre ja zu schade um die schönen Blumen.»

Laura ging in die Küche und sah nach den Kristallvasen in der großen Vitrine. Ihr Blick wanderte unsicher zwischen den Blumen und den teuren Vasen hin und her. Dann öffnete sie die Klappe unter der Spüle und ließ den piefigen Strauß im Mülleimer verschwinden.

«So, die Blumen sind gut versorgt!» rief sie gutgelaunt, als sie wieder ins Wohnzimmer kam. «Jetzt können wir uns ungestört dem Interview widmen.» Laura stutzte. Dieser Steiner, oder wie der hieß, hatte ungefragt seinen Kram ausgebreitet und sich auf einen ihrer Louis-Quinze-Stühle gehockt. Laura lächelte frostig. Er hätte wenigstens etwas darunterlegen können. «Machen Sie es sich doch bequem!»

«Sydney ...!» rief Schmandt anerkennend und betrachtete das riesige Plakat der Academy of Music, das seinen Platz gleich neben ihrem kleinen Chagall gefunden hatte.

«Eine wunderbare Tournee. Ist jetzt drei Jahre her. Sechs ausverkaufte Konzerte. Das war schon ein großer Erfolg.»

Schmandt schüttelte anerkennend die lange, ergraute Künstlermähne, dann klopfte er sich bescheiden auf die prall gefüllte Nadelstreifenweste und fragte: «Wäre es Ihnen recht, das Interview gleich hier, an Ihrem Arbeitsplatz zu machen?»

Musikredakteure waren doch alle irgendwie gleich. Sie sahen aus, wie sie selbst sich den Künstler an sich wohl vorstellten. Daneben wirkte Laura eher wie eine Volksschullehrerin, allerdings overdressed.

«Aber gerne», antwortete Laura brav und nahm auf dem Klavierhocker Platz.

«Fertig?» fragte Schmandt mit Blick auf den Techniker.

«Alles klar!»

«Dann können wir ja. Also ... Frau Böckelmann, wir sollten zunächst einmal über Ihre anstehende Tournee durch die Vereinigten Staaten sprechen.»

Laura nickte zufrieden. Das war ein ausgezeichneter Vorschlag. Das Interview nahm von Anfang an die richtige Richtung. Der Tontechniker hob den Daumen. Schmandt räusperte sich und legte los: «Stephen Benjamin Clarke, der namhafte amerikanische Musikkritiker, schrieb in der New York Times, Laura Böckelmann sei die zur Zeit wohl weltbeste Chopininterpretin. Was sagen Sie dazu, Frau Böckelmann?»

Laura war geneigt, Stephen Benjamin Clarke aus New York einfach recht zu geben, aber sie beschloß, es doch etwas unverbindlicher zu formulieren. «Na ja, das habe ich natürlich auch gelesen», begann sie vorsichtig und wußte gleich, daß sie das ‹natürlich› besser durch ein ‹zufällig› ersetzt hätte. Jetzt war es zu spät. «Und ... ich habe mich natürlich auch sehr darüber gefreut, aber ... Wenn er das so sieht ... Also ich möchte so eine ... eine Rangliste eigentlich nicht aufstellen.»

Gut gemacht, klopfte sich Laura innerlich auf die Schulter. Diese Bescheidenheit stand ihr als unangefochtener Nummer eins gut. Gerade wollte sie darauf hinweisen, daß einfach nicht genug Platz in der Sydney Hall of Fame sei, daß all die *wirklich guten* Interpreten von Chopin dort auftreten könnten. Sie wollte von dem Glück erzählen, daß das *Los* nun gerade auf sie gefallen war. Aber dazu kam es nicht.

«Halt mal, Moment ...!» fuhr dieser penetrante kleine Tontechniker dazwischen. Wahrscheinlich hatte er mit seinen ungeschickten Fingern schon nach der ersten Frage einen Bandsalat verursacht.

«Was ist denn?» fragte Schmandt seinen Kollegen ungeduldig. Das unprofessionelle Verhalten des Kollegen war ihm sichtlich peinlich.

«Haben Sie hier eine Standuhr oder so etwas?» fragte Steinke.

«Nein», sagte Laura bestimmt.

«Aber da tickt was!» sagte Steinke.

«Ich wüßte nicht, was ...?»

«Moment, das kommt vom Flur.» Steinke stand auf und begann, den Flur abzusuchen.

«Ich sagte Ihnen doch, ich habe keine Standuhr!»

Laura und Schmandt folgten dem Tontechniker. Der lauschte im Flur nach einem unhörbaren Ticken.

«Hören Sie das denn nicht?»

«Doch», sagte Schmandt auf einmal. «Da ist irgendwas!»

Also Laura hörte nichts. Steinke riß die Badezimmertür auf.

«Aha, der Wasserhahn!» rief Steinke und zeigte aufs Waschbecken. «Haben Sie vielleicht einen Lappen, den wir darum binden können?»

Laura nickte verblüfft und reichte dem Mann ein Handtuch.

«Wundert mich, daß Sie bei so einem nervigen Ticken überhaupt arbeiten können. Sie müssen doch ein besonders feines Gehör haben», erklärte Steinke und wickelte das Handtuch um den Hahn.

«Hab ich auch», sagte Laura gestreßt. «Der muß eben gerade erst mit dem Tropfen angefangen haben. Dabei hätte ich doch niemals in Ruhe arbeiten können!»

Steinke begutachtete die kleine Kalkablagerung am Abfluß, dort, wo der Tropfen zuvor immer aufgeschlagen sein mußte. Dann schaute er Laura unverschämt zweifelnd an und sagte: «Ja, so was passiert einem immer dann, wenn man es grad gar nicht brauchen kann.»

Sie gingen zurück ins Wohnzimmer, und Laura brachte gequält das Interview hinter sich. Anschließend bemühte sie sich, ihre vorhin abgebrochene Nocturne zu Ende zu bringen. Nach einigen flüssigen Takten lauschte sie. Lauschte angestrengt und noch angestrengter. Ihre Hände flogen über die Tasten und vergriffen sich. Eine schrille Dissonanz war das Ergebnis. Kein Zweifel. Das Tropfen des Wasserhahns wurde immer lauter. Sie brach ihr Spiel ab und hielt sich die Ohren zu. Wütend schrie sie: «Nein!» Bei diesem Lärm konnte man nun wirklich nicht von ihr erwarten, daß sie arbeitete.

Als Richard abends nach Hause kam, fand er seine Frau nicht wie gewöhnlich vor ihrem Flügel mit ihrem Chopin in den Fingern. Es war nicht mal Licht. Laura lag im Dunkeln im Schlafzimmer, den Kopf unter einem Berg von Kissen vergraben.

«Laura, Liebling, was ist denn los mit dir?»

Laura zog den Kopf unter den Kissen hervor. Sie war verheult und bot einen grauenhaft zerknirschten Anblick.

«Was im Himmel hast du denn?» fragte Richard erschreckt.

«Was?» schrie sie ihn an.

Richard wich entsetzt zurück. «Ist etwas passiert?»

Laura zog zwei dicke Wattestöpsel aus den Ohren.

«Was sagst du?» fragte Laura mit geschwollenen Augen.

«Was los ist mit dir, wollte ich wissen.»

«Das Geräusch! Das macht mich wahnsinnig!»

«Was für ein Geräusch?» wollte Richard wissen.

Laura schnalzte mit der Zunge und machte einen aufschlagenden Wassertropfen nach.

«Na, dann mach es doch nicht!» sagte Richard belustigt.

«Ich doch nicht. Hörst du das denn nicht? Hör doch mal hin!»

Richard lauschte, aber er hörte überhaupt nichts.

«Sei dankbar, daß du nicht so ein feines Gehör hast wie ich. Das kann auch eine Strafe sein. Da! Da ist es wieder. Das ist der Wasserhahn. Der tropft!» erklärte Laura verärgert.

Richard schüttelte den Kopf. Daraufhin nahm Laura ihren Mann an der Hand und schleppte ihn ins Bad. Dort zeigte sie auf den Hahn, wo sich in diesem Moment wieder ein Tropfen vom Hahn löste und mit infernalischem «Plitsch» auf dem Abflußgitter landete.

«Was du aber auch alles hörst!» stellte Richard bewundernd fest.

«Das Geräusch treibt mich in den Wahnsinn. Ich kann nicht einmal mehr Mozart spielen. An Chopin ist überhaupt nicht zu denken.»

«Auf einmal? Der Hahn tropft doch schon seit Wochen.»

Reinhard Krökel, Evelyn Hamann, Gerd Gerdes

Karl Heinz von Hassel, Evelyn Hamann

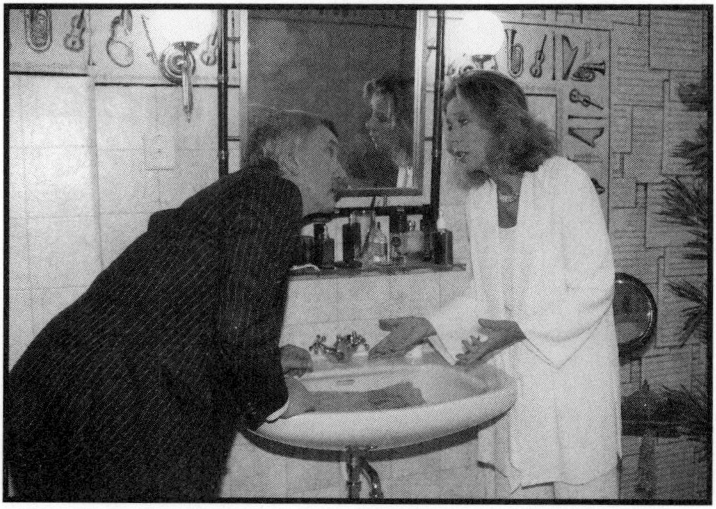

«Ausgeschlossen!» wehrte Laura kategorisch ab.

«Bestimmt. Ich habe es zum ersten Mal bemerkt, als wir aus Paris wiederkamen. Aber ich habe immer wieder vergessen, den Klempner zu rufen.»

«Das glaub ich nicht!» widersprach Laura energisch.

«Schon gut, schon gut, meine Liebe. Wenn es dein Gehör so strapaziert, werde ich gleich morgen früh nach einem Klempner schicken.»

Auf Richard war schon immer Verlaß gewesen. Pünktlich 8 Uhr 30 machte sich Meister Findeis daran, der Sache mit dem Tropfen auf den Zahn zu fühlen. Laura beobachtete ungeduldig von der Badezimmertür her, wie der Geselle seinem Meister ein riesiges Werkzeug nach dem anderen reichte. Nach einiger Zeit kam Findeis wieder unter dem Waschbecken hervor und hielt triumphierend ein Stück Rohr hoch.

«Da haben wir den Übeltäter. Der Anschluß der Mischbatterie!» Er steckte fachmännisch den Finger in die Öffnung und fuhr darin herum. «Dachte ich mir schon. Lochfraß! Gleich hier neben der Ventilschraube.»

«Und jetzt?» fragte Laura ahnungsvoll.

«Ich kann mal sehen, ob wenigstens die Schenkeldichtungen halten.» Ächzend stützte sich Findeis auf dem Waschbekken auf und fingerte unsichtbar darunter herum. Plötzlich knackte es bedrohlich. Und Findeis wäre beinahe zu Boden gestürzt.

«Herrje!» seufzte Findeis.

«Was ist denn?» fragte Laura erschreckt, aber dann sah sie den großen Sprung in der Schüssel. Er verlief quer durchs ganze Waschbecken.

«Das ist ja alles total morsch!»

«Morsch?» fragte Laura ungläubig.

«Das ist doch alles uralt!»

«Na, 20 Jahre vielleicht.»

«Sag ich doch. Das ganze Wasser, der Kalk, der Rost. Das setzt dem stärksten Waschbecken zu. Tja», holte Meister Findeis kurz aus. «Da brauchen wir jetzt wohl eine neue Armatur und ein neues Becken. Aber ob sie das in dieser Farbe noch kriegen? Ich weiß nicht!»

«Was?» fragte Laura. Sie kam da kaum mit. Hauptsache, das Tropfen hatte ein Ende.

«Die Serie ist seit zehn Jahren aus der Produktion! Vielleicht finden wir etwas in der Art, dann aber in Mintgrün. Wenn Ihnen das nichts ausmacht?!»

«Um Gottes willen! Ich will, daß mein Bad einheitlich aussieht. Das habe ich doch als Ensemble gekauft! Die haben gesagt, das hält ewig!»

«Wer Ihnen 20 Jahre Garantie auf ein Badezimmer gibt, der kann nicht ganz bei Trost sein. Na, und wenn nächstes Jahr die Wanne dran ist, die gibt es dann ganz sicher nicht mehr in diesem Farbton. Da können Sie dann nach und nach zustückeln. Da wird dann der Teufel mit dem Beelzebub ausgetrieben.»

«Ja, was soll ich denn jetzt Ihrer Meinung nach tun?»

«Reinen Tisch! Machen Sie reinen Tisch, sonst werden Sie in Ihrem Badezimmer nicht mehr glücklich!»

Laura war dankbar, daß Findeis sie als Fachmann begleitete.

«Bäderparadies. Das ist eines der besten Häuser am Platz», erklärte Findeis, als sie den Laden betraten. Den jungen Verkäufer wimmelte Findeis rigoros ab.

«Frau Böckelmann!» rief der Verkaufsleiter, als er Laura erblickt hatte. «Welche Freude. Mein Name ist Lüning. Ich bin hier der Verkaufsleiter. Bei mir sind Sie in besten Händen. Oh, … wie ich sehe, haben sie den Spezialisten gleich mitgebracht. Herr Findeis, schön, Sie mal wieder bei uns zu sehen. Was kann ich für die Herrschaften tun?» Lüning zog gewieft den Ärmel seines Jacketts zurecht.

«Frau Böckelmann möchte ihr Bad modernisieren. Komplett: Fliesen, Objekte, Zubehör, alles …»

Lüning zog nun unmerklich den anderen Ärmel über seine goldene Breitling, er wußte sicherlich auch so, was die Stunde geschlagen hatte.

Laura sah sich unschlüssig um.

«Hier der Grundriß», sagte Findeis und übergab ihm eine Skizze.

Ein kurzer Blick, und Lüning schien im Bilde zu sein.

«Na, das ist ja … Da werden wir doch ganz sicher etwas Passendes finden. Wenn Sie mir dann bitte folgen wollen, gnädige Frau!» Laura tapste willenlos hinter Herrn Lüning her in den nächsten Verkaufsraum.

«So, da hätten wir jetzt erst mal die Kollektion ‹Marina› von Villeroy & Boch. Natürlich verspielte Formen, inspiriert durch Muschelschalen … also eine natürliche Verbindung zu dem Element Wasser und …»

«Und?» fragte Laura neugierig.

«Also ein Kontrapunkt zur alltäglichen Sachlichkeit!» fuhr Lüning fort.

«Ach so.» Laura betrachtete die überdimensionalen Muschelobjekte aus Keramik. «Das sieht man sich aber auch schnell über, glaube ich.»

«Selbstredend!» pflichtete Lüning ihr betreten bei. Dann zeigte er ihr die Serie ‹Opus›. «Klassisch!» fügte er hinzu und zog sie gleich weiter zur Ausstellung von ‹Imago›. «Avantgarde», verkündete er stolz.

«Ach!»

«Auch in technischer Hinsicht! Einhandmischer! Wie Sie vielleicht bemerkt haben, gibt es hier keinen Wasserhahn. Hier in der Mitte des Beckens, diese kleine Insel funktioniert wie ein Springbrunnen.» Lüning drehte die Mischbatterie auf. Eine winzige Fontäne sprudelte aus der Mitte des Beckens und sackte gleich wieder in sich zusammen. Lüning räusperte sich und drehte den Hahn rasch wieder zu.

«Schnickschnack!» sagte Laura kopfschüttelnd. «Ich suche was Solides. Etwas, das nicht tropft!» Sie ließ den dumm dreinschauenden Lüning stehen und ging einen Raum zurück. «Das hier gefällt mir.»

«Ich bewundere Ihren schlichten Geschmack ... Ich meine Ihre klassische Schlichtheit. Also, die klaren Formen. Das ist klassische Architektur. Diese etruskischen Säulenelemente ... eine vortreffliche Wahl! Ich selbst hätte nichts anderes genommen.»

Laura nickte lächelnd. «Ja, das gefällt mir ganz gut. Hat so was ... so was Feierliches, nicht? Find ich irgendwie lustig.»

«Genau!» stimmte Lüning ihr begeistert zu. «Schließlich ist so ein Bad mehr als nur ein Raum für routinemäßige Körperhygiene. Das ist vielmehr ein Erlebnisraum, ein Quell der Freude und Entspannung. Nehmen Sie nur mal die Wanne, geradezu ein Kanapee der Wasserfreuden.»

«Für gewöhnlich bade ich gerne darin», stellte Laura sachlich fest.

«Wie ... äh, selbstverständlich. Aber betrachten Sie bitte diesen ergonomisch ausgefeilten Toilettendeckel. Nehmen Sie doch einmal Platz!»

Laura glaubte, sich verhört zu haben, aber Lüning ließ keinen Zweifel aufkommen, daß es ihm ernst damit war. Schon hatte er den oberen Toilettendeckel angehoben. Widerwillig setzte sich Laura.

«Ganz entspannt! Setzen Sie sich mal ganz entspannt hin!»

«Ich weiß nicht!»

«Na so, wie Sie normalerweise sitzen!»

Laura stützte die Ellenbogen auf die Oberschenkel und legte den Kopf auf. Sie nickte freundlich, als ein junges Pärchen den Raum durchquerte.

«Diese Brille ist das Ergebnis einer umfangreichen wissenschaftlichen Studie. Hunderte von Versuchspersonen wurden vermessen und haben für diesen Entwurf ... Modell gesessen!»

Laura staunte. «Das sieht man der Brille aber gar nicht an. Sie sieht ganz normal aus.»

«Das ist ja gerade der Clou! Das ist nicht irgendein auffälliger Schnickschnack. Das ist Funktionalität im Hintergrund. Für den Laien kaum zu erkennen. Etwas für Leute mit Stil und Geschmack, die es nicht nötig haben beim ... äh ... zu protzen! Und wie sitzt es sich?»

«Gut soweit.»

«Sehen Sie! Darauf kommt es schließlich an. Wenn Sie jetzt ...» Lüning half ihr umständlich von der Toilette hoch. «Tja, das hätten wir. Also ... wenn Sie jetzt noch die Badewanne beachten wollen. Hier ein Mittelabfluß, daß niemand auf dem Stöpsel sitzen muß, wenn man mal zu zweit ... und die unauffällig eingearbeiteten Armstützen nicht zu vergessen. Da haben schon einige hundert Leute drin …»

«Ach …», unterbrach Laura den Verkäufer. «Aber ich bekomme doch sicherlich ein unbenutztes Modell?»

Lüning starrte sie mit halb geöffnetem Mund an. «Selbstverständlich, fabrikneu! Wenn Sie möchten, können Sie gerne …» Lüning wies auf die Wanne.

«Danke, das ist wohl nicht nötig. Man sieht ihr die Bequemlichkeit förmlich an. Ich denke, ich habe das Passende gefunden.»

Lüning rieb sich begeistert die Hände. «Und Sie können sicher sein, diese neueste Armaturengeneration, die hält so gut wie ewig. Fünf Jahre Garantie, aber ich persönlich würde sogar für 20 geradestehen.»

Richard traute seinen Augen nicht, als er nach Hause kam. Der Flur war voller Maurerutensilien und Plastikeimern mit Bauschutt.

«Was im Himmel ist passiert?» fragte er Laura und küßte sie auf die Wange. «Hat der Klempner einen Rohrbruch entdeckt?»

«Ach was. Die Armaturen waren undicht, und das Waschbecken hatte einen Sprung.»

«Ach, und deshalb verbreiten die so ein Chaos?» Richard schüttelte den Kopf.

«Nein, das ist wegen des neuen Badezimmers.»

«Des was?»

Richard stürmte ins Bad. Die Kacheln waren zur Hälfte von den Wänden entfernt worden, und es sah aus wie auf einer Baustelle.

«Sag mal, hast du sie noch alle? Der Wasserhahn tropft, und Madame bestellt gleich ein ganz neues Bad? So was läßt man doch reparieren! Eine neue Dichtung kostet nur ein paar Pfennige!»

Laura sah ihren Mann pikiert an.

«Da war nichts mehr zu reparieren. Armaturen und Waschbecken dieser Art gab es nicht mehr. Schließlich müssen die Sachen ja auch zueinander passen. Und überhaupt war das alles völlig morsch!» verteidigte sich Laura beleidigt.

«Morsch?» fragte Richard und hielt kurzfristig die Luft an. «Morsch?» fragte er dann noch einmal eine Tonlage höher.

«Ja, morsch. Schau doch nur mal, alle diese angerosteten Leitungen. Die ganze Substanz war hin. War doch alles irgendwie brüchig. Und jetzt reg dich nicht auf, wir bezahlen das von meinem neuen Plattenvertrag. Ich will jedenfalls ein schönes Bad haben. Einen Raum, wo man sich nicht einfach nur waschen, sondern auch entspannen kann.»

«Um das Geld geht es doch überhaupt nicht. Aber wir hätten das besprechen sollen. In zehn Tagen müssen wir nach Rom, dann hätten die das doch in Ruhe machen können, und wir müßten jetzt nicht auf so einer verdammten Baustelle leben.»

«Ach, die paar Tage. Die können wir uns schon irgendwie behelfen.»

«Na toll!»

«Mit diesem Getropfe hätte ich keinen Tag länger arbeiten können. Niemals!»

«Aber bei dem Gehämmer kannst du arbeiten, ja?»

«Die machen auch mal Pause, und wenigstens tropft es im Moment nicht mehr.» Laura kannte ihren Richard und wußte, daß er sich gewöhnlich genauso schnell wieder beruhigte, wie er sich aufregte.

«Bist du noch lange böse?» fragte Laura wenig später zirpend.

«Hmm?!» Das klang schon sehr nach einem abschließenden Brummen.

«Liebling», setzte Laura sofort nach. «Eigentlich wäre es jetzt wichtiger, daß wir uns entscheiden, ob wir einen Flachspüler oder einen Tiefspüler nehmen.»

«Einen was?»

«Na, die Toilette! Findeis hat einen Tiefspüler mitgebracht, weil der hygienischer sein soll, aber wir können uns jetzt auch noch für einen Flachspüler entscheiden.»

«Wo ist der Unterschied?» knurrte Richard mit mäßigem Interesse und stieß eine lose Kachel auf dem Boden beiseite.

«Flachspüler: Da bleibt das alles erst mal liegen, was man da reinmacht, und wird erst später weggespült. Beim Tiefspüler fällt es gleich hinunter und plumpst ins Wasser.»

«Das ist mir egal.»

«Mir aber nicht. Bei Tiefspüler spritzt einem schon mal das Wasser an den Hintern, das mag ich nicht. Außerdem hat man da keine Kontrolle, weil ja immer gleich alles verschwindet!»

«Was? Kontrolle? O Gott.» Richard schüttelte den Kopf. «Also nehmen wir einen Flachspüler!»

«Ganz meine Meinung. Ich habe den auch schon umbestellt. Schön, daß wir da einer Meinung sind.»

Richard schien des Themas müde und wollte ins Bett.

Natürlich dauerten die Installationen weit länger als vorhergesagt. Aber als Laura und Richard aus Rom wiederkamen, war das Bad tatsächlich fertig.

«Es ist wunderschön geworden», frohlockte Laura gutgelaunt. «Und schau nur, die Wanne mit Mittelabfluß, da können wir zu zweit ...»

«Probier du es ruhig erst mal allein aus. Ich bin nur froh, daß dieses Theater ein Ende hat.»

Laura wußte, daß Richard sich bald ebenso über das neue Bad freuen würde wie sie selbst. Genaugenommen war sie vor Freude ganz aus dem Häuschen. Und jetzt, nach dem anstrengenden Flug, war ein entspannendes Bad genau das, wonach ihr der Sinn stand. Sie ließ die Wanne vollaufen und entkleidete sich. Dann ließ sie sich genüßlich in das wohltemperierte Schaumbad gleiten und schloß die Augen. So ein Mittelabfluß war wirklich praktisch. Sie legte den Kopf zurück und lauschte dem beruhigenden «Tick, tick, tick».

Als sie kurz davor war, verträumt wegzudämmern, drängte sich ihr plötzlich die Frage auf, wo dieses eigenwillig rhythmische Geräusch wohl herkam. Sie sah sich suchend um. Ihr Blick blieb gebannt an dem Wasserhahn des Waschbeckens hängen. Gerade löste sich dort ein Tropfen von dem Hahn und schlug mit einem harten ‹Tick› auf dem Porzellan auf. Sie wartete nicht, bis sich ein neuer Tropfen gebildet hatte. Ein markerschütternder Schrei rief ihren Mann herbei.

«Was ist?» rief er erschreckt.

Laura zeigte nur mit ausgestrecktem Arm auf den Wasserhahn und schrie erneut grell auf.

Ab nach Rio

Stefanie hatte ihre beste Freundin Monika zum Kaffee eingeladen. Mit ihr konnte sie über alle Probleme sprechen. Es war ein herrlicher, sommerlicher Nachmittag. Die strahlende Sonne wollte so gar nicht zu dem passen, was Stefanie jetzt ihrer Freundin eröffnen wollte.

«Nein!» stieß Monika ehrlich entsetzt hervor und stellte ihre Kaffeetasse unsanft ab.

«Doch!» beharrte Stefanie energisch. In die einsetzende Stille zwitscherten die Vögel durch das offene Fenster. Ein warmer Lufthauch ließ die Gardinen aufblähen. Der Eßtisch war mit Stefanies Nymphenburger Lieblingsporzellan von Bustelli gedeckt. Es waren empfindliche, zart bemalte Stücke mit Goldrand, aus denen die beiden Frauen von Zeit zu Zeit nippten.

«Das kann doch nicht wahr sein. Das bildest du dir ein!»

Stefanie schüttelte den Kopf. «Anfangs habe ich mir das ja auch gesagt. Stefanie, hab ich gesagt: Das bildest du dir nur ein.»

«Rolf? Nie im Leben!»

Monika wollte es nicht glauben. Stefanie wußte ja, daß alle sie und Rolf für das unbedingte Traumpaar hielten. Stefanie hob resigniert die Schultern. Sie konnte es ja selbst kaum glauben. Aber sie berichtete Monika, wie sie dahintergekommen war, daß ihr Mann sie mit seiner Sekretärin betrog.

Stefanie drehte unbewußt an ihrem Ehering herum. Eigentlich Unsinn, daß sie den noch trug, dachte sie. Dann erzählte sie von den Besprechungen, die regelmäßig dienstags und donnerstags stattfanden.

«Eines Tages habe ich versucht, ihn an einem dieser Dienstage zu erreichen. In der Firma wußte niemand etwas von einer Besprechung. Seine Sekretärin war auch nicht da. Eigentlich war außer dem Pförtner niemand mehr in der Firma. Da kann man dann ja eins und eins zusammenzählen.»

«Ach? Aber nach Feierabend ist das doch kein Wunder. Wahrscheinlich ist Rolf mit irgendeinem Geschäftspartner essen gegangen. Das ist doch kein richtiger Beweis!» wiegelte Monika ab, die einfach nicht glauben wollte, daß ausgerechnet Rolf ein Verhältnis mit seiner Sekretärin haben sollte.

Stefanie freute sich eigentlich, daß Monika Rolf verteidigte. Aber ihr Gefühl sagte ihr, da stimmte etwas nicht: «Immer dienstags und donnerstags?»

Monika schien die Sache nicht mehr allzu ernst zu nehmen und widmete sich wieder der Schale mit den Keksen. «Vage Vermutungen, nichts weiter. Auf solche Ideen kommt jeder irgendwann mal. Aber bei Rolf? Ach was, da kannst du dir ganz sicher sein. Und dann mit seiner geschmacklosen Sekretärin! Hat die nicht bei seinem Firmenjubiläum diesen peinlichen Bauchtanz aufgeführt?»

Stefanie fühlte sich unbehaglich. «Ich spüre aber, daß da was ist. Außerdem ist diese … diese Person 20 Jahre jünger als ich. Da kommt man schon mal in Versuchung. Auch so jemand wie Rolf.»

«Ach du meine Güte. Rolf stellt doch keinen jungen Küken nach. Hat er noch nie gemacht. Der ist doch immer so was von dezent! Du machst dich selbst verrückt.»

Das alles überzeugte Stefanie nicht im geringsten. «Na, morgen weiß ich dann jedenfalls Bescheid!»

«Wieso das denn?»

«Morgen ist sein Geburtstag!»

«Ja und?»

«Und morgen ist Dienstag! Wenn er nicht nach Hause kommt, dann bin ich ganz sicher, daß er mich betrügt und den Geburtstag mit seiner Geliebten feiert.»

Am Dienstagabend um sieben wollte Rolf eigentlich zu Hause sein. Gegen halb sieben kam der Anruf. Irgendwie hatte Stefanie ja damit gerechnet. Aber enttäuscht war sie doch. Insgeheim hatte sie gehofft, daß Rolf seinen Geburtstag mit ihr feiern würde.

«Ja, mein Schatz, ich weiß, daß ich heute Geburtstag habe. Aber du weißt doch, daß ich so etwas nicht so wichtig nehme. Ich kann es mir nun wirklich nicht aussuchen. In meiner Position kann ich nicht einfach so alles stehen und liegen lassen und Geburtstag feiern. Also, ich komme etwas später», und so weiter und so fort. Früher hätte sie dafür Verständnis gehabt, heute war das etwas anderes. Schließlich lag der Verdacht des Betruges in der Luft.

«Also schön!» sagte sie zu sich selbst und pustete energisch die Kerzen aus. Das Bœuf Vignon war eh schon ausgekühlt. Für den Kräutermantel hatte sie fast zwei Stunden in der Küche gestanden. Es mußten ja unbedingt frische Kräuter sein. Waschen, schneiden, hacken. Und dann wäre diese wunderbar riechende Kruste beinahe abgebröckelt, als sie das Filetstück auf die Platte legen wollte. Auch kalt strömte das Bœuf noch einen köstlichen Duft aus. Aber Stefanie war der Appetit vergangen. Sie ließ alles stehen, wie es war, und schaltete den Plattenspieler ab. Kein Mann, kein Chopin!

Stefanie entschied sich für das knappe schwarze Torerojäckchen mit den eingenähten Silberstreifen. Es paßte gut zu dem langen Abendkleid. Eigentlich hatte sie nicht vorgehabt, das Haus heute zu verlassen. Aber jetzt wollte sie es wissen.

Stefanie mußte nicht lange warten. Rolfs Sekretärin Anita kam allein aus dem Gebäude und stieg in ihren Wagen. Stefanie folgte ihr. Sie fuhr dicht hinter ihrer jungen Nebenbuhlerin. Als Anita wegen einer roten Ampel bremsen mußte, überkam es Stefanie wie aus heiterem Himmel. Sie ließ den Fuß von der Bremse und ihrer Wut freien Lauf.

Anita stieg wutschnaubend aus dem Wagen, warf einen Blick auf ihr verbeultes Heck und kam empört auf Stefanie zu.

«Haben Sie nicht mehr alle Tassen …?» Dann erkannte sie die Frau ihres Chefs, und ihr Ton wurde deutlich ruhiger.

«Na, das ist ja ein Zufall! Ihnen ist doch hoffentlich nichts passiert?» sagte Stefanie mit unüberhörbar sarkastischem Unterton.

«Nein, nein, alles in Ordnung», sagte Anita und sah noch einmal auf das reichlich zerknautschte Heck ihres fast schon antiken Mini Coopers. «Nur der kleine Martin scheint etwas abbekommen zu haben!»

«Wer?»

«Mein Wagen.»

«Ach so, na das regeln Sie wohl am besten mit meinem Mann. Wissen Sie, wir sind gegen so was versichert!» sagte Stefanie zickig. «Einen schönen Abend noch!» Dann setzte sie einen halben Meter zurück und ließ die staunende Anita einfach stehen.

Stefanies Wut war aber noch nicht wirklich verraucht, als sie wieder nach Hause kam. Sie war schließlich kein Stück Fleisch, das auf dem Tisch lag und auskühlte, wenn der Herr des Hauses nicht kam.

Ein Glas Wein könnte vielleicht beruhigend wirken, überlegte Stefanie. Sie stakste vorsichtig die Treppe in den Keller hinunter. Eigentlich sollte sie auf diesen Schuhen nicht die steile Kellertreppe hinuntergehen. Auf halber Höhe zog sie die Schuhe aus. Mit Wein waren sie bestens bestückt. Stefanie schaute unschlüssig auf das Regal mit den Flaschen. Dann wußte sie, was sie wollte. Es war nicht besonders schwer, das Regal umzustoßen. Sie hatte mit weit mehr Widerstand gerechnet. Eine Synphonie zerberstenden Glases erscholl in einem einzigen anhaltenden Akkord, und Rolfs kleine Lieblinge vermischten ihren Saft wahllos auf dem Kellerfußboden. Warum sollte es dem Wein besser gehen als ihr? Sie suchte in dem Scherbenhaufen nach Überlebenden. Vorsichtig fischte sie eine der heilgebliebenen Flaschen heraus.

«Lamothe de Bergeron. Na ja!» sagte Stefanie trocken und nahm die Flasche mit. «Auch du wirst diesen Abend nicht überleben!»

Als Rolf spät abends nach Hause kam und routiniert seine Aktentasche abgelegt hatte, küßte er seine Frau auf die Wange. Ganz so, wie er es gewöhnlich tat.

«Wie ich sehe, hast du schon auf meinen Geburtstag angestoßen», stellte er amüsiert fest.

«Worauf du dich verlassen kannst!» sagte Stefanie und schaute ihren Mann gespannt an. Der schien vielleicht ein wenig irritiert zu sein, aber er ahnte wohl nicht, was auf ihn zukam. «Mit deiner Sekretärin hast du anscheinend noch nicht gesprochen?»

«Natürlich, heute den ganzen Tag über. Was meinst du?»

«Na, ich habe ihren Wagen kaputtgefahren. Bin ihr einfach hinten reingefahren!»

«Wie konnte das passieren?» fragte Rolf, ohne echte Anzeichen von Beunruhigung.

«Hmm, sie war mir wohl irgendwie im Weg, schätze ich.»

Rolf lachte. «Na und? Wir sind doch versichert. Wenn dir nur nichts passiert ist?»

Stefanie schüttelte schwermütig den Kopf.

Rolf wollte gerade weitere Fragen stellen, als er die Rotweinfußspuren auf dem Boden sah.

«Was ist denn das?»

«Keine Ahnung! Laß uns mal nachsehen.» Sie nahm ihren verdutzten Mann an der Hand und verfolgte mit ihm gemeinsam die Spuren bis in den Keller. «Oops, da haben wir ja das kleine Malheur!» rief sie beim Anblick des Scherbenhaufens.

Rolf hatte es für einige Sekunden lang die Sprache verschlagen. Dann bückte er sich und begutachtete den Schaden aus der Nähe. «Mein Ségur-Fillon! Der war einmalig auf der Welt. Was …? Was ist denn hier passiert?»

«Warte, ich hole dir eine Beruhigungstablette.»

«Wie ist das passiert?» wollte Rolf erregt wissen.

«Das Regal hat wohl den Boden unter den Füßen verloren. Wahrscheinlich stand es immer schon etwas zu wackelig. Wie so manche andere Sachen in diesem Haus auch.»

Dietrich Mattausch, Evelyn Hamann

«Bitte?»

«Na, unsere Ehe zum Beispiel! Ich denke, wir müssen mal über das eine oder andere reden», sagte Stefanie sehr ernst und sachlich. «Ach, und wenn wir schon dabei sind, könnten wir auch endlich über unsere immer noch ausstehende Hochzeitsreise nach Rio sprechen. Du weißt, du warst damals zu beschäftigt.»

Rolf sah nicht gerade so aus, als wenn er innerhalb der nächsten fünf Minuten begreifen würde, was da vorging. Aber dafür würde Stefanie schon sorgen.

Am Montag darauf war Monika wieder zum Kaffeekränzchen vorbeigekommen. Stefanie erzählte ihr gutgelaunt, daß alles wieder in Ordnung war. Rolf hatte das Verhältnis mit seiner Sekretärin beendet und ihr versprochen, sie sogar zu entlassen, sobald dies möglich war.

Monika staunte. Sie konnte immer noch nicht so recht glauben, daß Rolf ein Verhältnis hatte. Und ausgerechnet mit seiner Sekretärin, das nahm Monika ihm ganz besonders übel. Sie hätte nie gedacht, daß Rolf so geschmacklos sein könnte. Nur gut, daß Stefanie so aufgeweckt und den beiden auf die Schliche gekommen war.

«Teils, teils», erklärte Stefanie bissig. «Er war ja immer nur dienstags bei ihr. Was er an den Donnerstagen getrieben hat, habe ich noch nicht herausgekriegt.»

«So», sagte Monika nachdenklich. «Daß er vielleicht auch mal wirklich arbeiten muß, glaubst du also nicht?»

«Ach was. Das hast du bei der Sekretärin auch gesagt. Und wie du gesehen hast, hatte ich recht. Eine Frau fühlt so was einfach.»

«Aber ein bißchen Vertrauen solltest du schon haben. Gerade jetzt bei eurem Neuanfang.»

«Vertrauen?» Stefanie kicherte belustigt. «Zufällig habe ich am nächsten Donnerstag Geburtstag. Dann werden wir ja sehen, ob er nach Hause kommt.»

Am Donnerstag wuchs die Spannung mit jeder Stunde, die verstrich. Wider Erwarten war Rolf pünktlich. Und mehr noch: Er hatte sogar an Blumen und ein Geschenk gedacht.

«Danke, Liebling. Ich danke dir wirklich sehr», sagte Stefanie, nachdem sie die nett verpackte Schachtel geöffnet hatte. «Die ist ja fast so schön wie die andere.»

Rolf schaute irritiert. «Ist das denn nicht die Kette, die du dir ausgesucht hattest?»

«Beinahe», sagte Stefanie und betrachtete sie eingehend. «Aber die andere hatte hier noch einen kleinen zusätzlichen Anhänger mit einem wunderschönen kleinen Smaragd. Den fand ich so schick.»

«Ich hätte schwören können ...»

«Ach, das ist doch überhaupt nicht tragisch. Die hier ist auch wunderschön. Und daß du dir das überhaupt gemerkt hast ... Das ist doch das Wichtigste!» sagte Stefanie versöhnlich.

Sie umarmte ihren Rolf und drückte ihm die Kette in die Hand.

«Was? Willst du sie jetzt doch nicht?»

«Unsinn!» Sie hob die Haare aus dem Nacken und drehte sich um. «Du mußt sie mir anlegen. Ich will sie doch beim Essen tragen.»

Rolf legte ihr erleichtert die Kette um den Hals. Dann setzten sie sich an den feierlich gedeckten Tisch.

«Château Premier Cru Bourgeois de Medoc», entzifferte Rolf voller Genugtuung das Etikett. «Ich wußte gar nicht, daß davon eine überlebt hat.»

«Hat sie auch nicht. Aber ich habe drei Flaschen davon gekauft. Sozusagen als Grundstock für eine neue Sammlung.»

«Wie aufmerksam. Vielen Dank», sagte Rolf und machte sich daran, den Wein zu dekantieren.

«Leider gibt es heute nur Salate. Damit nichts kalt werden kann.»

Rolf schien die Anspielung ignorieren zu wollen. Das war Stefanie letztlich auch recht.

«Chopin?» fragte er und legte eine Platte auf. Stefanie nickte.

Rolf hob das Plattencover. «Laura Böckelmann ist wohl eine der besten Chopin-Interpreten, findest du nicht?»

«Wenn man Benjamin Clarke Glauben schenken darf, ja! Und der muß es ja eigentlich wissen», erklärte Stefanie. Als Rolf wieder am Tisch Platz genommen hatte, fuhr sie fort: «Eine kleine Überraschung habe ich noch für dich!»

Rolf schien nicht sonderlich gespannt und prüfte, ob der Rotwein eine genießbare Temperatur erreicht hatte.

Stefanie schob ihm einen Umschlag über den Tisch.

«Was ist das?»

«Mach es auf!»

Es waren zwei Flugtickets nach Rio. Drei Wochen.

«Unsere Hochzeitsreise, weißt du noch?» erklärte Stefanie.

«Ja, aber ich weiß gar nicht, ob ich da Zeit hab.»

«Dann nimmst du dir die eben», forderte sie energisch.

«Aber drei Wochen? Eine, na gut. Ich kann doch nicht einfach für drei Wochen ...»

«Die Firma kommt auch mal ohne dich aus. Oder ist da sonst noch jemand, der dich vermissen könnte?» fragte Stefanie argwöhnisch.

«Nein», sagte Rolf. «Natürlich nicht!»

«Also!»

Rolf goß sich ein großes Glas Wein ein.

«Also, alles Gute zum Geburtstag!»

Die Kette, die Rolf ihr geschenkt hatte, war wirklich schön. Stefanie war sicher, daß er es gar nicht merken würde, wenn sie das Schmuckstück gegen die Kette, die sie damals bei dem Juwelier im Schaufenster gesehen hatte, eintauschen würde. Die andere Kette gefiel ihr einfach noch viel besser.

«Mein Mann hat im Laufe der Woche diese Kette bei Ihnen gekauft», erklärte sie dem Juwelier.

«Ja, ein schönes Stück, nicht wahr?»

«Schon, aber im Schaufenster hatten sie ein Schwesterstück, nur mit noch so einem kleinen Anhänger da unten. Die gefiel mir noch besser. Könnten Sie mir die noch mal zeigen.»

«Hmm, die waren beinahe unzertrennlich. Glücklicherweise habe ich sie zusammen verkauft», brummte der alte Mann zufrieden.

«Bitte?»

«Ja, hat natürlich etwas Nachlaß verlangt, der Kunde.»

«Mein Mann hat beide Ketten gekauft?»

«Aber ja doch», sagte der Verkäufer und schaute sie unsicher an. Ihm schien gerade in den Sinn zu kommen, daß es vielleicht besser gewesen wäre, den Mund zu halten. Den Verkäufer beschlich der Verdacht, daß er sich gerade um einen guten Kunden gebracht hatte.

Das war der Beweis, der ihr noch gefehlt hatte, und sie brannte darauf, Monika davon zu unterrichten. Von wegen Vertrauen, Neuanfang und so weiter. Nun mußte auch Monika zugeben, daß man sich manchmal besser auf sein Gefühl verließ. Stefanie rief sofort bei Monika an, um sich mit ihr zu treffen.

«Und, macht ihr jetzt eure Reise nach Rio?» fragte Monika neugierig, kaum daß sie sich hingesetzt hatte.

«Er hat wohl keine Zeit.»

«Typisch. Aber jetzt, wo der Spuk mit der Liebschaft vorbei ist, könntest du ja zur Not auch alleine fahren», sagte Monika. Sie nahm den geblümten Seidenschal ab und legte ihn über die Stuhllehne.

Stefanie starrte auf das bis eben noch verdeckte Dekolleté ihrer Freundin und schluckte.

«Ich glaube nicht, daß der Spuk schon vorbei ist», bemerkte Stefanie. Keinen zweiten Blick hätte sie gebraucht, um Monikas neue Kette wiederzuerkennen. Besonders der kleine tropfenförmige Anhänger hatte es ihr angetan.

«Also, Stefanie, jetzt mal im Ernst und von Freundin zu Freundin: Du mußt aufhören, Gespenster zu jagen, sonst riskierst du noch deine Ehe. Ganz ehrlich, gerade jetzt braucht Rolf dein Vertrauen, damit sich eure Beziehung wieder festigen kann.»

«Ja», sagte Stefanie tonlos. «Bestimmt hast du recht. Es ist wirklich schön, wenn man eine gute Freundin hat. Eine, mit der man über alles reden kann.»

«Aber ich bin doch immer für dich da», freute sich Monika und lächelte Stefanie an.

«Und für Rolf natürlich», sagte Stefanie sarkastisch. Doch Monika schien das überhaupt nicht mitzukriegen.

«Ja, sicher auch, aber in erster Linie bin ich doch deine Freundin. Wir Frauen müssen ja zusammenhalten. Vor allem in der Not!»

Besonders beim sexuellen Notstand, korrigierte Stefanie den Satz in Gedanken.

Am nächsten Tag beschloß Stefanie, ihre beste Freundin zur Rede zu stellen. Monika wohnte am Stadtrand in einem alleinstehenden kleinen Haus. Schon von weitem erkannte sie Rolfs Wagen. Also auch freitags, dachte sie und fühlte wieder diese Wut aufkochen. Oder war das nur, weil er gestern nicht konnte? Sie ging durch Monikas Garten auf die Terrasse und fand die Tür nur angelehnt. Stefanie wußte, daß sie sich das eigentlich hätte ersparen können. Aber irgend etwas trieb sie vorwärts. Es war wie bei dem Weinregal. Es ging nun mal nicht ohne Scherben.

Monika und Rolf bemerkten erst gar nicht, daß Stefanie im Zimmer stand. Als sie ihre Kette auf das Kissen neben Monikas Kopf geworfen hatte, hielt Rolf in seiner Bewegung inne. Er überlegte einen Moment, dann sah er die Kette an Monikas Hals und drehte sich um. Er war geschockt, und das konnte man ihm deutlich ansehen. Auch Monika hatte sie jetzt entdeckt und versuchte, sich trotz der Hitze die Decke über den Kopf zu ziehen.

Rolf wollte etwas sagen.

«Komm mir jetzt bitte nicht mit Erklärungen», fauchte Stefanie. Es machte etwas Mühe, nach all den Jahren den Ehering vom Finger zu kriegen. Bisher hatte sie noch nie einen Grund gehabt, ihn abzunehmen.

«Hier, vielleicht paßt er ja!» Sie wollte den Ring aufs Bett werfen, doch dann sah sie den Ring ihres Mannes neben seiner Uhr auf dem Nachttisch liegen. Stefanie überlegte es sich anders und legte ihren Ring einfach dazu. Dann drehte sie sich ohne ein weiteres Wort um und ging.

Stefanie war nach Heulen zumute. Sie hatte ihr Leben lang auf diese Ehe gebaut, und nun war sie mit einem Schlag zu Ende. Nicht einmal eine Freundin blieb ihr, der sie ihr Leid klagen konnte. Auf dem Weg nach Hause kam sie an den Landungsbrücken vorbei und stieg aus. Aber ein kurzer Blick in das Schmutzwasser der Elbe reichte, um zu wissen, daß dies keine akzeptable Lösung war. Sie fuhr wieder nach Hause und packte ihre Koffer.

«Letzter Aufruf für Lufthansa-Flug ...», tönte es aus dem Lautsprecher. Stefanie schüttelte den Kopf, sie stand doch längst in der richtigen Schlange, aber es ging nur mühsam voran.

«Fliegen Sie das erste Mal nach Rio?» fragte der Herr hinter ihr.

«Leider ja, und Sie?»

«Ich auch.»

«Geschäftlich?» fragte Stefanie neugierig.

«Nein, rein privat. Ich möchte etwas Abstand gewinnen. In letzter Zeit liefen die Dinge nicht so gut, wissen Sie?»

«Ach nee?»

«Tja, ich mußte mich gerade von meiner Frau trennen. Nach fast zwanzig Jahren», sagte der Mann niedergeschlagen.

«Warum denn das? Hatten Sie vielleicht ein Verhältnis?» fragte Stefanie lauernd und musterte den Mann von oben bis unten.

«Ich? Wo denken Sie hin», empörte sich der Mann. «Sie war es! Sie hatte ein Verhältnis! Genaugenommen zwei! Ja, gleich zwei Verhältnisse hatte sie. Von dem zweiten habe ich erst später erfahren. Mit meinem besten Freund, stellen Sie sich das mal vor!»

«Interessant. Und das erste?» bohrte Stefanie nach.

«Geradezu peinlich! Ist mir sehr unangenehm, aber das war ihr Sekretär. Unvorstellbar, nicht war?!»

«Das ist wirklich kaum zu glauben. Und deshalb fliegen Sie jetzt einfach so ab nach Rio?»

«Und Sie?» wollte der Mann wissen.

«Ach, wissen Sie, das ist eine lange Geschichte, aber wenn es Sie wirklich interessiert, erzähle ich sie Ihnen. Eines sage ich Ihnen aber gleich: Das werden Sie nicht für möglich halten!»

Advent, Advent

Trude Weißmann ließ den oberen Rand ihrer gelben Gummihandschuhe geräuschvoll auf die Haut flutschen.

«So, Frau Korthals, dann wollen wir mal!» sagte Trude und beugte sich weit über den gut ausgeleuchteten Küchentisch. Ihr bunt geblümter Plastikkittel spannte am Rücken bis an die Grenze des Platzens. Trude war bereit, die Operation Adventskranz in Angriff zu nehmen: «Tannenzweig!» forderte sie selbstbewußt.

«Bitte ...», erwiderte Frau Korthals und schaute Trude interessiert über die Schulter.

Trude steckte vorsichtig den Tannenzweig mit Draht fest. «Fliegenpilz!» kommandierte sie. Frau Korthals legte das Gewünschte in die seitlich ausgestreckte Hand.

«Stechpalme!» Jetzt ging es Schlag auf Schlag.

«Hier!» rief Frau Korthals und stach Trude damit in die Finger. Trude sah sie böse an, und Frau Korthals entschuldigte sich.

«Schon gut.» Trude vertiefte sich wieder in ihre Arbeit.

«Was die Sache mit dem Vogelbeerbaum betrifft, Frau Weißmann. Diese roten Früchte verkleistern meine ganze Terrasse. Das ist jedes Jahr dasselbe.» Beiläufig reichte Frau Korthals Trude einen weiteren Tannenzweig. Jetzt fing diese Korthals schon wieder mit diesem Thema an? Merkte die denn nicht, wie sehr sich Trude auf ihre Arbeit konzentrieren mußte? «Das ist Sache von meinem Mann. Die alte Vogelbeere ist nun mal sein Liebling ... Silberdraht! ... Die wird er nicht einfach so abhacken.»

«Aber dieser rote Matsch jedes Jahr! Letztens bin ich ausgerutscht und auf dem Allerwertesten gelandet. Wie ein Pavian habe ich ausgesehen!» Frau Korthals schien das Thema nicht loszulassen.

Trude lag etwas auf der Zunge, was wohl besser ungesagt blieb. Gott sei Dank klingelte in diesem Moment das Telefon.

«Wer ist das denn schon wieder?» grunzte Trude genervt und ging ans Telefon. Frau Korthals betrachtete unterdessen das unfertige Kunstwerk auf dem Küchentisch und schüttelte verständnislos den Kopf.

«Meine Mutter!» rief Trude, als sie zurückkam. «Ich habe es auch nicht leicht, das können Sie mir glauben.»

«So?»

«Sie kommt nachher zum Kaffee. Wie an jedem ersten Advent», erklärte Trude.

«Ach, und deshalb dieser ganze Aufstand?» fragte Frau Korthals ungläubig und wies auf den Adventskranz auf dem Tisch. «Also, ich hole mir immer einen im HALU-Markt! 49,90 DM, mit Kerzen!»

«Kaufen? Haben Sie eine Ahnung! Ich bin eine geborene Blumen-Beck!» erklärte Trude nicht ohne Stolz. «Der Blumenladen! Beck! Mein Mädchenname! Blumen-Beck, seit 1904!» erklärte Trude.

«Ach, das wußte ich ja gar nicht.»

«Tulpen im Frühjahr, Geranien im Sommer, Astern im Herbst ... eine Pfauenfeder bitte ... Blumen, Blumen, Blumen, so lange ich denken kann.»

Frau Korthals suchte die Pfauenfeder heraus.

«Zum ersten Advent, da hat Mutter immer die herrlichsten Kränze gebunden. Schlehenzweige, Lapplandmoos, Schleifendraperie, wirklich begnadet, kann ich Ihnen sagen, Frau Korthals. Begnadet!»

«Wie das riecht!» staunte Frau Korthals.

«Nein, Wuschel!» rief Trude. «Runter vom Tisch.» Der Hund sah sie mit großen, unentschlossenen Augen an. Trude griff nach dem Halsband und brachte den Hund zu seinem Korb. «Hier bleibst du, klar?!»

«Ich sage Ihnen», fuhr Trude fort, «die waren berühmt in ganz Norddeutschland, die Kränze von Blumen-Beck. Wenn wir dann alle im Sonntagsstaat am Tisch saßen und ... Silberdistel ... Vater ganz feierlich die erste Kerze anzündete, das waren noch Zeiten!»

«Das klingt nach einer glücklichen Kindheit», sagte Frau Korthals und gab mit der Silberdistel acht.

«Hat alles zwei Seiten, sage ich Ihnen. Wenn Sie so eine erfolgreiche Mutter haben, stehen Sie ganz schön im Schatten. Immer mußte alles perfekt sein. Leicht war das nicht. Tannenzapfen!»

Frau Korthals beobachtete voller Erstaunen, wie der Kranz sich langsam, aber sicher in ein bläulich schimmerndes, dorniges Büschel verwandelte.

«Ich hatte leider nie soviel Talent», fuhr Trude fort. «Die Floristenlehre mußte ich nach drei Monaten wieder abbrechen.»

«Tatsächlich?» Trude bemerkte den ironischen Unterton nicht. Sie war zu sehr damit beschäftigt, diesen Tannenzapfen festzubinden und das möglichst gerade. Zweimal fiel er einfach wieder ab. Trude wollte aber nicht aufgeben. Erst dieses Jahr hatte sie einen Volkshochschulkurs besucht. ‹Adventsstecken› in zwölf Doppelstunden. Ihre Kreation ‹Mitternacht in Bethlehem› hätte die Korthals mal sehen sollen! Ein Meisterstück.

Frau Korthals stellte unterdessen gedanklich einen Vergleich zwischen den Tannenzapfen und den Lockenwicklern in Trudes Haar an. «Friseuse hätten Sie wahrscheinlich auch nicht werden können.»

«Wie bitte?»

«Ich dachte nur laut. Ich habe nämlich Friseuse gelernt, seinerzeit.»

«Ach so. Fertig!» rief Trude und strahlte. «Der ‹Schimmer der Nacht›.»

Der Kranz hatte eher Ähnlichkeit mit einem gerupften Huhn. Frau Korthals unterdrückte mühsam eine Bemerkung in dieser Richtung.

«Immer diese Putzarie, wenn Oma kommt. Kacheln senkrecht, dann waagerecht und kreisend nachpolieren», maulte Birgit, die in diesem Moment die Küche betrat und einen Eimer in die Spüle stellte. Sie warf einen zweifelnden Blick auf das diesjährige floristische Meisterwerk ihrer Mutter. «Minderwertigkeitskomplex nennt das der Fachmann.»

«Minderwertigkeitskomplex? Nur weil du Psychologie studierst, mußt du dich noch lange nicht über deine Mutter lustig machen», regte sich Trude auf und wollte Frau Korthals um Beistand bitten. Aber die war damit beschäftigt, sich einen übriggebliebenen Mistelzweig über den Kopf zu halten. «Gibt es auch einen Kursus: Adventsstecken für Singles?»

«Bitte?» fragte Trude irritiert.

«Na, wenn man geschieden ist, so wie ich, dann ist das so eine Sache mit der Adventszeit ...» Die Haustürklingel schrillte dazwischen.

«Das muß Oliver sein. Birgit, geh mal und mach deinem Bruder die Tür auf. Ich mache hier inzwischen ein bißchen Ordnung.»

«Ach, der Oliver kommt auch?» fragte Frau Korthals neugierig.

«Aber ja, er will doch ein Foto von meinem Adventskranz machen. Für die Wochenendbeilage. Oliver arbeitet doch jetzt bei einer Zeitung als Fotograf!»

«Tja, aus Kindern werden Leute!» seufzte Frau Korthals.

Als Oliver die Küche betrat, wäre Trude fast aus allen Wolken gefallen. Die Haare waren fast ab, und in der Nase trug der Junge einen großen silbernen Ring. Trude schlug die Hand vor den Mund und unterdrückte einen Aufschrei.

«Was ist das denn?» wollte Frau Korthals wissen und versuchte, an dem Ring in Olivers Nasenflügel zu ziehen.

«Den machst du aber raus, wenn Oma nachher kommt!»

«Lassen Sie doch, Frau Weißmann. Ich finde so was sexy!»

Oliver zuckte leicht zurück, als Frau Korthals erneut versuchte, ihn an der Nase zu zupfen.

«Gut, daß du da bist. Wir müssen noch die halbe Wohnung putzen!» meckerte Birgit und füllte den Eimer mit neuem Wasser. Aber Oliver reagierte gar nicht. Er war beschäftigt.

Frau Korthals biederte sich wieder bei Oliver an. Sie wollte ihm unbedingt mal als Fotomodell dienen. Dafür war jetzt aber keine Zeit. Es gab noch jede Menge zu tun. Trude unterbrach Frau Korthals unangebrachtes Kokettieren und geleitete sie zur Tür. Natürlich nicht, ohne daß die Korthals nochmals auf den Vogelbeerbaum zu sprechen kam.

«Ciao, Oliver.» Frau Korthals ließ bemüht die Hüften schwingen, als sie endlich ging. Oliver schüttelte nur den Kopf.

«Hoffentlich hast du keinen Elektra-Komplex, sonst geht das noch übel aus», bemerkte Birgit spitz.

«Was ihr immer redet», sagte Trude. «Also, ich geh jetzt Vater die Haare schneiden.»

«Aber nicht im Bad!» rief Birgit entsetzt. «Da habe ich gerade alles geputzt.»

«Wo denn wohl sonst? Ach, und Oliver, stell doch bitte den Kranz in die Besenkammer, damit der Hund da nicht drangeht!»

Birgit und Oliver halfen fleißig mit, und ein paar Stunden später war alles für das Eintreffen der Oma geputzt und hergerichtet. Werner und die Kinder saßen brav aufgereiht wie Perlen am Wohnzimmertisch und erwarteten das Unvermeidliche.

«Ist es nicht herrlich, wenn wir hier alle so friedlich sitzen», wollte Trude wissen. Sie hatte sich in ihrem kragenlosen marineblauen Kostüm herausgeputzt. Das paßte vorzüglich zu ihrem ‹Schimmer der Nacht›.

«Wenn's doch nur schon vorbei wäre», stöhnte Werner und goß sich etwas Portwein ein.

«Vorsicht mit dem Portwein! Du kennst Mutters berüchtigte Nase!» ermahnte Trude ihren Mann. «Ach, so friedlich sollte es ja eigentlich immer zugehen im Leben.»

Birgit und Oliver sahen sich vielsagend an. Oliver hatte tatsächlich den Ring aus der Nase genommen und Birgit widerwillig Rock und Rollkragenpulli angezogen.

«Könnten wir nicht wenigstens das Adventsgedudel abstellen?» fragte Oliver genervt.

«Oliver!» Trude ließ keinen Zweifel aufkommen, daß sie hier nicht zum Spaß saßen.

«Weihnachtliche Gefühle entspringen einem ganz legitimen Bedürfnis nach Wärme und Geborgenheit. Die soziale Gruppe rückt zusammen ... ganz ursprünglich, wie schon im Tierreich. Konrad Lorenz sagte einmal ...», setzte Birgit wieder zu einem ihrer Vorträge an.

«Vielleicht möchtest du, daß wir gemeinsam singen?» unterbrach Oliver seine Schwester. «Stimm doch mal ein Lied an!»

«Ach, jetzt hört aber auf! Oliver, du kannst die Zeit doch besser nutzen und schon mal den Kranz fotografieren. Anstekken können wir ihn natürlich erst, wenn Oma kommt.»

«Von mir aus», sagte Oliver und stand ächzend auf, um seine Kamera auszupacken.

«Birgit, hol du doch schon mal den Kranz aus der Besenkammer.»

Werner wollte das Durcheinander nutzen und nach der Flasche Portwein greifen. Als Birgit das sah, rückte sie die Flasche ein Stück von ihm weg. «Man muß sich den Herausforderungen des Lebens stellen, Papa! Nur so kann die Psyche wachsen.»

Werner brummte etwas Unverständliches.

«Oh, der wird herrlich aussehen, der Kranz. Tausende werden ihn bewundern und sagen: ‹Seht nur! Wie von Blumen-Beck!›» schwärmte Trude versonnen.

«Vergiß nicht, daß der ‹Elbbote› nicht gerade das ‹Hamburger Abendblatt› ist, Mama!» versuchte Oliver seine Mutter wieder auf den Teppich zu bringen.

«Aber ein paar Leute werden ihn schon sehen», tröstete sich Trude.

Birgit kam mit dem Kranz durch die Tür. Oliver, der gerade das Blitzlicht montierte, hielt in der Bewegung inne und sagte halblaut: «Oh, Scheiße!»

Trude schrie hysterisch und sprang auf. Der Kranz, sofern man das noch so nennen konnte, war völlig zerfetzt.

«Was ist denn mit meinem Kranz passiert?»

«Da werden wir wohl den Höhepunkt des jährlichen Mutter-Tochter-Konfliktes auf das nächste Jahr verschieben müssen», erklärte Birgit lakonisch und stellte den Kranz vorsichtig ab.

«Mein Kranz! Mein ‹Schimmer der Nacht›. Mein Lapplandmoos!» stieß Trude entsetzt aus.

«Ich ...!» setzte Oliver vorsichtig an.

«Zwölf Doppelstunden! Umsonst! Fliegenpilze, Stechpalmen! Mein Meisterwerk!» Trudes Blick fiel auf den Hund am Boden. Eine Distel hing noch in seinem Fell fest. «Du! Du ...! Oliver, solltest du den Kranz nicht in die Besenkammer stellen!?»

Oliver wußte nicht, ob er mehr Mitleid mit sich selber oder seiner Mutter haben sollte. «Ich hab's vergessen», gab Oliver kleinlaut zu.

«Vielleicht kann man den noch reparieren!» mischte sich Werner ein.

«Ach ja?» kreischte Trude mit Tränen in den Augen.

«Oder wir sagen Oma einfach, das gehört so. Ist halt modern!» schlug Birgit vor.

«Ihr seid doch wohl verrückt geworden!»

«Wir sagen lieber: ‹besonders› …», klärte Birgit ihre Mutter auf.

«Ach, das ist mir egal, wie ihr dazu sagt. Was mach ich denn jetzt? Am ersten Advent, ohne Kranz! Und jeden Moment kommt Oma!»

«Trude», versuchte Werner zu beschwichtigen. «Du hast doch dein Bestes gegeben. Wir müssen Mutter eben erklären, was passiert ist.»

«Hättest du nicht wenigstens ein Foto machen können, bevor du meinen Kranz dem Hund zum Fraß vorwirfst!» schimpfte Trude.

Oliver sah verschämt zu Boden.

«Ich kann doch nicht meiner Mutter ohne Adventskranz unter die Augen treten!»

«Millionen von Menschen tun das täglich», sagte Birgit.

«Aber nicht meiner Mutter. Und nicht am ersten Advent!»

«Nun laßt uns doch nicht streiten!»

«Werner, bitte. Trink ein Glas Port oder hilf mir, eine Lösung zu finden.» Trude dachte das erste Mal seit zwei Minuten ruhig nach. «Frau Korthals!» rief sie plötzlich. «Was braucht sie einen Kranz? Sie ist eh allein. Oliver!»

Ihr Sohn zuckte zusammen, weil er ahnte, was da auf ihn zukam.

«Oliver, du gehst rüber zu Frau Korthals und besorgst den Kranz. Schließlich warst du es … Egal, geh rüber und besorg einfach den Kranz.»

Oliver machte sich widerspruchslos auf den Weg. Eigentlich war er ganz froh, daß er eine Chance bekam, seinen Fehler wieder auszugleichen.

Gerd Baltus, Fabian Harloff,
Evelyn Hamann, Chirara Schoras

Andrea Bürgin, Evelyn Hamann

Natürlich kam Oma pünktlich. Trude versuchte, das Klingeln an der Tür erst einmal zu ignorieren. Oliver war mit dem Kranz noch nicht zurück. Aber auf Dauer ging das natürlich nicht gut.

«Advent, Advent», begrüßte sie ihre Mutter aufgesetzt fröhlich.

«Seid ihr so beschäftigt, daß nicht einmal einer an die Tür gehen kann? Ich drücke mir hier die Finger wund», sagte Trudes Mutter spitz und legte ihre Garderobe ab. «Sag mal, hier stimmt doch irgend etwas nicht.»

«Was soll hier nicht stimmen?» fragte Trude betont naiv.

Trudes Mutter ging lauernd und witternd den Flur entlang. So, als wenn sie jeden Moment damit rechnete, in ein brennendes Zimmer zu treten. «Was es auch ist, ich kriege es raus. Besser, du sagst es gleich.»

Trude drängte sich neben ihre Mutter und bugsierte sie an der Wohnzimmertür vorbei, in Richtung Schlafzimmer. «Hier entlang, bitte.»

«Was soll das? Habt ihr die Zimmer vertauscht?»

«Das nicht, aber ich dachte, du bist von der Fahrt ganz erschöpft, und da wollte ich dir meinen neuen Massagesessel zeigen. Und der steht im Schlafzimmer.» Trude öffnete die Schlafzimmertür und zeigte auf den Sessel. «Setz dich doch einen Moment.»

«Unsinn! Hier stimmt doch etwas nicht. Ich brauche jetzt erst mal einen Kaffee.»

«Na? Ist das nicht schön?» fragte Trude und drehte den Universal Massage Master 2300 gedankenverloren auf die höchste Stufe. Ihr Blick glitt nervös zum Fenster. Wo bloß Oliver blieb? «Genieß es ruhig einige Zeit, ich komme gleich wieder.»

«Wage es nicht, mich mit diesem Rüttelmonster allein zu lassen!»

«Entspann dich, Mutter! Ich bin sofort wieder da.»

«Trude!»

Trude lief hektisch zur Haustür. «Kümmer dich um Oma, und halt sie vom Wohnzimmer fern», trug sie Birgit auf. Dann öffnete sie die Haustür. Oliver stand schon davor. «Und? Wo ist der Kranz?»

«Sie hat gedacht, ich käme rüber, um Fotos von ihr zu machen. Frag bloß nicht, was für Fotos! Die hat sogar versucht, mich abzufüllen.»

«Der Kranz, Oliver! Der Kranz!» rief Trude ungeduldig.

«Sie will ihn uns verkaufen!» erklärte Oliver.

«Verkaufen? Na, was soll's. Hier sind 50 Mark.» Trude fischte den Schein aus ihrem Portemonnaie.

Aber das langte nicht. Wie sich herausstellte, forderte diese unverschämte Korthals doch tatsächlich glatte 200 Mark von ihr. Die Nachfrage bestimmte eben das Angebot.

«Hat man so was schon gehört? Das ist vielleicht eine Nachbarin!»

«Oma will partout im Wohnzimmer Kaffee trinken. Was soll ich jetzt machen?» fragte Birgit von hinten dazwischen.

«Was weiß ich? Denk dir was aus! Wozu studierst du schließlich Psychologie, wenn nicht, um Leute in Zimmern festzuhalten, in denen sie nicht bleiben wollen.»

«Das sind Psychiater, aber trotzdem vielen Dank», sagte Birgit maulig und zog wieder ab Richtung Schlafzimmer.

«Hier sind 100 Mark, Oliver. Den Rest kriegt sie morgen. Beeil dich, Oma ahnt schon was.»

Trude seufzte tief und schloß die Tür. Hoffentlich kriegte Oliver die Sache diesmal hin. Sie lief zurück zu ihrer Mutter. Aber die war nicht mehr im Schlafzimmer. Aufgeregt stürmte sie ins Wohnzimmer. Aber da war sie auch nicht. Nur Werner saß in seinem Sessel vor einem Kreuzworträtsel und prostete ihr fröhlich zu. Es blieb nicht genug Zeit, ihm noch mal die Meinung zu sagen. Trude suchte weiter. Sie fand ihre Mutter im Badezimmer. Birgit kniete vor der Wand und erklärte gerade: «Erst senkrecht, dann waagerecht, dann im Kreis nachpolieren!»

«Sehr schön», sagte Oma Beck. «Aber hast du denn dafür überhaupt Zeit? Ich dachte, du studierst Psychologie.»

«Ach, hier seid ihr!» fuhr Trude betont heiter dazwischen. «Ein Gespräch unter Frauen? Schau mal, wie die Wanne glänzt, Mutter!»

«Das kann man ja wohl am ersten Advent auch erwarten.»

«Ist Birgits Werk», versicherte Trude nicht ohne Stolz. «Ich habe es von dir gelernt, und nun lernt es Birgit von mir. Von Generation zu Generation. Ist das nicht schön?»

«Trude, du solltest dafür sorgen, daß deine Tochter ihre Zeit nicht mit Putzen verschwendet. Sie sollte lieber ordentlich studieren, dann kann sie sich später eine Putzfrau leisten.»

«Ach ja?» fragte Trude irritiert.

«Wo ist überhaupt der Junge? Ist er nicht da?»

«Doch, der ist kurz raus und kommt hoffentlich jeden Moment zurück», sagte Trude und folgte ihrer Mutter auf den Flur.

«Oliver, da bist du ja!» rief Trudes Mutter erfreut.

«Hallo, Oma!»

«Ja, da bist du ja endlich.» Trude machte hinter dem Rücken ihrer Mutter fragende Gesten. Oliver schüttelte unauffällig den Kopf.

«Trude, dein Sohn riecht nach Eierlikör! Ist es das, was ihr mir verheimlicht?»

«Ach, Werner», lenkte Trude geschickt vom Thema ab. Ihr Mann wollte gerade grußlos an ihnen vorbei in die Küche gehen, wahrscheinlich, weil ihm der Portwein ausgegangen war.

«Hallo, Mutter!»

«Stell dir vor, Werner, Mutter interessiert sich für deine neue Werkbank im Keller!»

Werner sah seine Frau fassungslos an. Dann verstand er. Jetzt war es an ihm, für Olivers Nachlässigkeit Tribut zu zollen. «Tja, Mutter, von Black & Decker. Verdammt praktisch. Wirklich, mußt du dir ansehen!»

Trudes Mutter sah ihre Tochter mißtrauisch an. «Na, ich weiß nicht. Eigentlich wollte ich jetzt endlich mal einen Kaffee trinken.»

Trude gab ihrem Mann einen unauffälligen Schubs in den Rücken. «Ach, dafür ist später noch Zeit. Und den neuen Elektrohobel, den mußt du gesehen haben. Das kann man gar nicht beschreiben …»

«Schon gut, schon gut. Aber danach kriege ich meinen Kaffee.»

«Sicher, Mutter, der läuft ja schon durch!» rief Trude ihrer Mutter nach und sah erleichtert zu, wie sie hinter Werner im Keller verschwand.

Kaum war sie außer Hörweite, fuhr sie Oliver an: «Was ist denn nun schon wieder los? Wo ist mein Kranz!»

Als ob die 200 Mark nicht schon genug wären, wollte die Korthals jetzt auch noch, daß sie diesen Wisch unterschrieb, den Oliver ihr hinhielt. Es ging schon wieder um diesen albernen Vogelbeerbaum. Trude sollte sich verpflichten, ihn abzuhacken. «Diese Korthals kriegt den Hals nicht voll, was. Also, jetzt reicht's! Was zuviel ist, ist zuviel!» empörte sich Trude.

«Und Oma?» fragte Birgit.

Darum mußten sich jetzt die Kinder kümmern. Sie würde gleich wieder zurück sein. Es waren ja nur zwanzig Schritte, und schon stand Trude geladen vor Frau Korthals' Haustür. «Also gut!» legte Trude los, als die Korthals die Tür öffnete. «Ich muß schon sagen, unter Nachbarschaft habe ich mir etwas anderes vorgestellt. Aber bitte!»

«Danke gleichfalls! Seit Jahren bitte ich Sie nun schon um diesen kleinen Gefallen mit dem Vogelbeerbaum. Irgendwann hat die Geduld ein Ende!»

«Ach Sie … Können Sie sich überhaupt vorstellen, in welcher Lage ich mich befinde? Sie haben keine Mutter, die von Ihnen einen perfekten ersten Advent erwartet. Keine Mutter, niemanden haben Sie, und, ehrlich gesagt, wundert mich das jetzt auch nicht mehr!»

«Also, das muß ich mir nicht …!» sagte Frau Korthals beleidigt.

Trude hielt ihr das Stück Papier hin. «Das ist Erpressung, und das wissen Sie!» Dann zerriß sie den Vertrag demonstrativ in kleine Fetzen. «Wenn Sie denken, daß ich Ihnen den Lieblingsbaum meines Mannes opfere, dann haben Sie sich geschnitten!»

«Was glauben Sie eigentlich? Sie haben doch alles! Mann, Hund und Kinder, eine ganze Familie. Und ich? Ich habe nur diesen Kranz zum ersten Advent. Und jetzt wollen Sie mir den auch noch nehmen? Da bleibt mir ja gar nichts mehr!»

«Eben! Und bei Ihrem Egoismus wird das auch für alle Zeit so bleiben. Da verlieren Sie auch noch die letzten Freunde, Ihre Nachbarn! Aber das kann ich Ihnen sagen: Im nächsten Jahr pflanzen wir noch eine Vogelbeere. Was sag ich? Eine ganze Hecke aus Vogelbeerbäumen!»

Frau Korthals war einen Moment sprachlos. Trude nutzte die Gelegenheit, sich mit einem schnippischen: «Das war's dann wohl, Frau Nachbarin» aus dem Staub zu machen.

«Hast du den Kranz?» fragte Oliver, der immer noch mit seiner Schwester am Treppenabsatz zum Keller ausharrte.

«Es hat sich ausgekranzt! Und eine Nachbarin haben wir auch nicht mehr!»

«Oje», seufzte Birgit.

In diesem Moment hörte Trude ihre Mutter die Treppe raufkommen.

«Moment, Mutter!» rief sie bestimmt und trat ihr erneut in den Weg.

«Gertrud! Laß deine durstige alte Mutter jetzt endlich an die Kaffeetafel!» Oma verlor ganz offensichtlich die Geduld.

«Ich hab dir etwas zu sagen!» erklärte Trude kategorisch.

«Das wird aber auch Zeit. Weshalb mußte ich über dreißig Minuten dein Haus besichtigen und auf meinen Kaffee verzichten?»

«Mutter, es ist jetzt 25 Jahre her, daß ich von der Floristenschule geflogen bin ...»

«Ist Werner entlassen worden?»

Trude ignorierte die Frage ihrer Mutter. «... seitdem habe ich immer versucht, dir eine würdige Tochter zu sein. Ich habe geheiratet, Kinder bekommen ...»

«Ist jemand schwanger?»

«... Ich habe mein Leben so gelebt, wie ...»

«O Gott, bist du krank?» Allmählich erfaßte Trudes Mutter Panik.

«Nein, Mutter. Es ist ...» Trude machte eine lange Pause und holte tief Luft. «Ich habe keinen Adventskranz!»

«Du hast keinen – was?» fragte die Mutter ernsthaft entsetzt in die betroffen schweigende Runde.

«Ehrlich gesagt: Ich glaube, ich will nie wieder einen Adventskranz!»

«O Gott! Und deshalb muß ich auf diese Rüttelmaschine, deine Badezimmerkacheln bewundern und mich mit Werners Werkzeugkasten langweilen? Nur weil du keinen Adventskranz hast? Ich glaube fast, du wirst allmählich verrückt!»

«Wir sagen lieber: ‹besonders›!»

«Wie auch immer!» wimmelte Trudes Mutter ihre Enkelin ab.

«Ich finde, man braucht nicht unbedingt einen Adventskranz, um mit der Familie am ersten Advent glücklich zu sein», setzte Trude ihren Monolog ungerührt fort.

«Wer sagt denn das?»

«Es ist doch auch schön, wenn wir nur so ... Was?» fragte Trude plötzlich verwirrt. «Du bist nicht böse?»

«Blödsinn! Siehst du diese Hände? Damit mußte ich jahrelang Hunderte dieser stacheligen Kränze binden. Wenn ich von irgendwas in meinem Leben wirklich genug habe, dann sind das Adventskränze!»

Trude konnte es kaum fassen, was ihre Mutter da sagte. Das war zu schön, um wahr zu sein. Ihre Mutter haßte Adventskränze! Wie ähnlich sie sich doch waren!

Im Hintergrund hatte Oliver die Tür geöffnet und Frau Korthals hereingelassen. «Frau Weißmann, ich habe noch mal über alles nachgedacht. Wir sollten uns nicht streiten. Sie können den Kranz haben, umsonst versteht sich.»

«Frau Korthals, es tut mir leid, daß ich vorhin so … Aber kommen Sie doch rein! Der Kaffee ist auch gerade fertig», sagte Trude erleichtert.

«Ist natürlich nur Fertigware, Frau Beck. 49,90 bei HALU!»

Die Oma bestaunte den bunten Kranz von allen Seiten. «Aus Plastik!» stellte sie kopfschüttelnd fest. «Na, wenn wir die vor dreißig Jahren schon gehabt hätten. Da wäre mir aber so manches im Leben erspart geblieben!»

«Ach, na, wenn Sie das so sehen, Frau Beck!» sagte Frau Korthals und folgte den anderen ins Wohnzimmer, um endlich den ersten Advent zu feiern.

Frohes Fest

Wieder einmal schien Hildegard die letzte im Büro zu sein. Aber es war unvorstellbar, daß sie hier so eine Unordnung über die Feiertage hinterließ. Hektisch räumte sie die Sachen von ihrem Schreibtisch, kontrollierte noch einmal alle Schubladen und schloß sämtliche Türen der Registratur. Ein letzter Blick. Der Computer! Hildegard holte die Plastikhauben aus der untersten Schublade und deckte den Monitor und die Tastatur ab. So, fertig! Schließlich gab es Heiligabend noch jede Menge zu erledigen. Erstaunlicherweise war Hildegard gar nicht die letzte, die die Firma verließ. Gerade als sie aus der Tür ihres Büros wollte, traf sie auf Herrn Basler.

«Frohes Fest», rief der Kollege und überreichte ihr ein weihnachtlich verpacktes Geschenk.

«Für mich?» fragte Hildegard angenehm überrascht. «Das wäre aber wirklich nicht nötig gewesen.»

«Bloß Pralinen, wie jedes Jahr. Keine große Sache.»

«Das ist aber trotzdem nett.» Hildegard verstaute die Pralinenschachtel in ihrer Tasche und schaute auf die Uhr. «Langsam wird es knapp. Weihnachten naht unerbittlich.»

Der Flur war menschenleer, und Hildegard war Basler auf dem Weg zum Fahrstuhl immer zwei Schritte voraus.

«Sind Sie im Streß?»

«Sie etwa nicht?»

«Nein.»

Hildegard schaute Basler an. Jemand, der Weihnachten nicht im Streß war, das schien ihr unglaubwürdig.

«Was machen Sie denn zu Weihnachten?»

«Nichts», behauptete Basler trocken.

«Wie: nichts? Irgendwas müssen Sie doch machen!» hakte Hildegard nach.

Es stellte sich heraus, daß Basler am Heiligabend Klavier spielte. Er vertrat einen Freund, der familiären Verpflichtungen nachgehen mußte, in der Bar des Hotel Atlantic. Streng genommen arbeitete Basler also. Hildegard hatte keine Ahnung, daß er so gut Klavier spielte. Aber was wußte sie schon von den Kollegen.

«Und Sie, Werteste? Was steht bei Ihnen auf dem Programm?»

«Ich tue so, als ob ich in Familie mache!»

«Ach, na, da haben Sie mein Mitgefühl. Wenn ich mit meinem Geklimper den letzten Gast im Atlantic vergraule, werde ich an Sie denken.»

Hildegard lachte. Basler gehörte zwar nicht zu ihren Lieblingskollegen, aber alles in allem war er ein netter Kerl. Weihnachten ohne Streß, eine verlockende Aussicht. Eigentlich war das ja nur eine Frage der Organisation. Wieviel Weihnachtskugeln haben das letzte Fest überlebt? Wieviel Kartoffelsalat zu wieviel Würstchen? Ist etwas zu trinken da für diejenigen, die kein Bier vertragen? Und natürlich die wichtigste Frage: Wohin mit den Kassenbons für den Umtausch? Wenn man alles im Griff hatte, konnte nichts schiefgehen.

«Frohes Fest!» kam es vielstimmig aus dem überfüllten Fahrstuhl. Sie waren bei weitem nicht die letzten.

«Frohes Fest!» riefen Hildegard und Basler zurück und stiegen ein.

«Also viel Spaß am Klavier», verabschiedete sich Hildegard von ihrem Kollegen vor dem Haupteingang.

«Danke, und Ihnen auch.»

Hildegard drehte sich um und wollte zur U-Bahn. Beinahe wäre sie von drei Weihnachtsmännern auf Fahrrädern, die wohl einem dringenden Termin entgegenstrampelten, überfahren worden. «Frohes Fest!» rief Hildegard den dreien mit einer satten Spur Sarkasmus nach.

Mit Plastiktüten voller Lebensmittel schleppte Hildegard sich schwer bepackt in den dritten Stock hinauf. Normalerweise benutzte sie Jutetaschen, aber die hatte man ja nie dabei, wenn man sie brauchte, und kaufte immer wieder neue. Inzwischen hatte sie mehr gewaschene und gebügelte Jutetaschen im Schrank als Blusen auf der Kleiderstange. Also hatte sie sich für Plastik entschieden. Der entscheidende Haken bei Plastiktüten war ihre Tragkraft. Nicht nur ihre Arme, sondern auch die Laschen der Plastiktüten wurden bei jedem Schritt ein wenig länger. Auf dem Absatz des zweiten Stockwerkes war es dann soweit. Die erste Tüte riß.

Hildegard fluchte leise. Noch eine Treppe, und sie hätte den schwierigsten Teil der Vorbereitungen für Heiligabend unbeschadet überstanden. Wenigstens war nichts zu Bruch gegangen. Sie packte alles wieder in die Tüte und stieg ächzend die letzte Treppe hoch.

Hans war nicht zu Hause. Hildegard deponierte die Einkäufe vor der Küchentür und betrachtete das Chaos. Daß dieser Kerl nicht einmal aufräumen konnte! Die Aschenbecher waren voll, Zeitungen lagen verstreut herum, und seine Klamotten vom Vortag säumten den Weg bis ins Schlafzimmer. Hier war es noch chaotischer. Die Betten ungemacht, die Schranktüren offen, und überall lagen Kleidungsstücke herum. Die ebenfalls vollen Aschenbecher, Gläser und Becher übersah Hildegard geflissentlich.

«Irgendwann schmeiße ich den Kerl raus», brummte Hildegard genervt und ging wieder in die Küche, um die Einkäufe wegzupacken.

«Verdammt!»

Das war Hans. Sie hatte ihn gar nicht gehört. «Ja, sag mal!» Hildegard starrte auf die Einkaufstüten. Hans war darüber gestolpert und hatte dabei eine umgekippt.

«Willst du, daß ich mir das Genick breche?»

«Also bitte!» rief Hildegard und hielt ihm einen der vollen Aschenbecher hin. «Wer von uns beiden hat denn hier nicht aufgeräumt? Du weißt doch wohl, was heute für ein Tag ist!»

«Ach, soll ich etwa meinen Stil ändern, nur weil dein Mann heute kommt?»

«Ex-Mann», korrigierte Hildegard gelassen. «Und reine Schlampigkeit ist keineswegs Stil.»

«Was kann ich dazu, daß der so ein Reinlichkeitsfanatiker ist?»

«Er hat einen Sinn für Ordnung, na und? Eine kleine Portion davon würde dir auch gut stehen.» Hildegard hatte den Aschenbecher ausgeleert und machte sich an den Abwasch.

Hans traf keine Anstalten, ihr dabei zu helfen. Er zündete sich eine Zigarette an und blies einen Kringel in die Luft.

«Wo warst du überhaupt?»

«Im Stau.»

«Im Stau», wiederholte Hildegard mit zweifelndem Unterton und nahm ihm die schmutzige Tasse aus der freien Hand.

«Warum muß ich diesen Blödsinn eigentlich dieses Jahr schon wieder mitmachen?»

«Weil meine Schwiegermutter ...»

«Ex-Schwiegermutter», korrigierte Hans sofort.

«... Ex-Schwiegermutter nicht mitkriegen soll, daß Günther und ich uns getrennt haben.»

«Habt ihr euch denn getrennt?» fragte Hans scharf.

«Also, Hans, wirklich!» Hildegard ließ einen Teller ins Spülbecken rutschen. «Was soll der Unsinn! Seit zwei Jahren lebe ich doch wohl mit dir hier zusammen, oder?»

«Aber geschieden seid ihr immer noch nicht.»

Hildegard stöhnte auf. Das war nun wirklich ihr Lieblingsthema. «Das haben wir doch schon hundertmal ... das überlebt die Schwiegermutter nicht!»

«Wollt ihr warten, bis sich das Problem auf natürliche Weise löst? Oder wie darf ich das sonst verstehen?»

Darauf wußte Hildegard keine Antwort. Auch wenn es Günther war, der sie damals verlassen hatte, so war doch immer klar, daß sie weiterhin auf die Familie Rücksicht nehmen würde. Trennung ja, Scheidung nein.

«Du kennst halt meine Schwiegermutter nicht!»

«Ex-Schwiegermutter!» beharrte Hans trotzig und verzweifelt. Dann drückte er seine Zigarette auf einem schmutzigen Teller aus. Das haßte Hildegard ganz besonders, aber sie ignorierte es, um des lieben Friedens willen.

«Ich finde das absolut lächerlich. Das ist eine Schmierenkomödie. Dein Mann, deine Kinder, deine Schwiegermutter, alle kommen Heiligabend in diese Wohnung, und ich muß mich stundenlang auf der Straße rumdrücken, bis die wieder weg sind. Alles nur, damit der Schwiegermutter eine glückliche Familie vorgespielt wird.»

«Laß uns nicht heute darüber debattieren. Es ist Weihnachten, das Fest der Liebe.» Hildegard nahm Hans in den Arm und küßte ihn. «Mutter ist eingeladen und fertig. Außerdem muß Günther jeden Moment eintreffen. Daran läßt sich jetzt nichts mehr ändern.»

Hans erwiderte ihren Kuß etwas heftiger, als sie erwartet hatte.

«Und wenn wir die Zeit bis dahin noch ganz weihnachtlich nutzen?»

Hildegard kicherte.

«Du sagst doch selbst: das Fest der Liebe!»

Hildegard entzog sich der Umklammerung. «Später, wenn alle weg sind, dann bleibt noch genug Zeit, Weihnachten ganz auf unsere Art zu feiern.»

«Hildegard!» drohte Hans in einer Mischung aus Empörung und Verzweiflung. «Wenn ich jetzt wirklich gehe, ist keineswegs sicher, daß ich wiederkomme.»

«Hör auf damit. Das war abgesprochen, und daran wird sich gehalten!»

«Du weißt, daß mich das kränkt!» Hans nahm wütend seine Jacke von der Stuhllehne und zog sie an.

Glaubte er wirklich, daß sie Spaß daran hatte? «Du mich auch», rief sie Hans verärgert nach. Um ein Haar hätte er Günther verpaßt.

«Was machen Sie denn noch hier?» pflaumte Günther seinen Nebenbuhler gleich an, als der so plötzlich in der offenen Wohnungstür vor ihm stand. «Hildegard, was macht der noch hier?» rief er dann an Hans vorbei in die Wohnung.

«Immer mit der Ruhe, ja. Ich haue schon ab ins Kino. Theater könnte ich ja auch zu Hause haben.»

«Zu Hause? Diesen Saustall nennen Sie zu Hause?» Günther deutete ins Wohnzimmer.

«Ihre Krawatte sitzt schief!» sagte Hans trocken und verschwand grußlos.

«Jedes Jahr das gleiche Drama!» grunzte Günther, legte seine Sachen ab und rückte den Schlips gerade.

«Günther, bitte!» ermahnte Hildegard ihren Mann scharf.

Das Aufräumen ging wie geschmiert. Günther legte ohne Verzögerung los, und beim Ordnungmachen war er Spitze.

«Oh, er hat schon wieder neue Intarsien in den Tisch gebrannt. Kann der seine Kippen nicht im Aschenbecher ausdrücken?»

«Das ist mein Tisch, Günther. Ich habe keine Lust, jetzt über Hans zu streiten. Wir machen hier eine Show für deine Mutter, wie vereinbart. Aber verschone mich mit deinen Nörgeleien über Hans.»

«Aber seinen Dreck wegräumen, dazu bin ich gut genug, ja?»

Hildegard wollte darauf nicht weiter eingehen. Sie sah auf die Uhr und stellte fest, daß die Zeit allmählich knapp wurde.

«Hast du einen Weihnachtsbaum mitgebracht?»

«Wieso denn? Nachdem wir letztes Jahr zwei hatten, weil dein Hans unbedingt seinen eigenen hier aufstellen und ich meine schöne Blautanne im Schlafzimmer verstecken mußte ...?»

«Dieses Jahr hat er keinen gekauft, also wäre es besser, du siehst zu, daß du auf dem Weihnachtsmarkt noch einen kriegst.»

«Jetzt muß ich auch noch in letzter Minute einen Weihnachtsbaum für euch zaubern!» regte sich Günther künstlich auf.

«Für uns? Sag mal ... für deine Mutter! Für die machen wir doch diesen ganzen Zirkus, hast du das schon vergessen?»

Die Zeit, die Günther brauchte, um einen Baum zu kaufen und zu schmücken, reichte gerade, damit Hildegard das Essen zubereiten und den Tisch decken konnte. Und bei all der hektischen Vorbereitung blieb Gott sei Dank keine Zeit zum Streiten. Als alles soweit fertig war, zogen sie sich um. Hildegard im Schlafzimmer und Günther im Wohnzimmer.

«Wirklich schön, wie du das wieder hingekriegt hast!» sagte Hildegard, als sie im eleganten schwarzen Hosenanzug wieder ins Wohnzimmer kam. «Für Dekoration hast du ohne Zweifel ein Händchen.»

«Und du siehst toll aus, wenn du dich so zurechtmachst.»

Hildegard nahm das Kompliment erfreut zur Kenntnis. «Fast so, wie in alten Zeiten.»

«Nicht ganz!» sagte Günther und zog eine von Hans' Socken aus der Sofaritze. Dann setzten sie sich an den gedeckten Tisch, und Günther verkostete den Rotwein.

«So langsam könnten sie kommen!» stellte Hildegard ungeduldig fest.

«Weißt du noch, als die Kinder klein waren? Da haben wir auch so dagesessen. Dann habe ich die Kerzen am Baum angezündet, und du hast die beiden mit der Klingel hereingerufen», schwärmte Günther. «Dieses Leuchten in den kleinen Augen, wenn sie das erste Mal den Baum sahen ... das werde ich nie vergessen.»

Günther strahlte mit einem ungehörigen Glitzern in den Augen zu ihr herüber.

«Wie geht es denn deiner Barbara?» fragte Hildegard unvermittelt und nippte an ihrem Wein.

Von dieser Frage war Günther gar nicht begeistert. Die beiden wollten sich trennen. Offensichtlich hatte Günther an seiner neuen Eroberung doch einige Fehler entdeckt. Was Wunder! Aber ob er in seinem Alter noch einmal so leicht eine neue Partnerin fand?

«Ja, das könnte sicherlich schwierig werden, aber ich habe da doch einige unüberbrückbare Hindernisse in unserer Liebe entdeckt. Das macht eine Trennung auf Dauer unvermeidlich, auch wenn da noch soviel Liebe ist.»

Er schien das wirklich ernst zu meinen. «Wie romantisch!» lästerte Hildegard.

«Romantisch? Wirklich romantisch ist so ein Weihnachten mit der Familie.»

«O Gott, das klingt ja fast, als ob du dich nach mir zurücksehnst!»

Günther wollte antworten, aber das Telefon kam ihm dazwischen.

«Mutter kommt etwas später. Sie muß noch eine kranke Freundin besuchen», erklärte Hildegard, als sie aufgelegt hatte.

«Wieviel später?» fragte Günther alarmiert.

«Hat sie nicht gesagt.»

Günther geriet in Panik. Was, wenn sie dann auch später ging und womöglich auf Hans traf? Hildegard zuckte die Achseln. «Was soll ich?»

Evelyn Hamann, Diether Krebs

«Das gibt eine Katastrophe! Ausgerechnet Weihnachten! Sie ... sie kriegt bestimmt einen Herzinfarkt!»

«Ach was, deine Mutter ist körperlich besser beieinander als ich. Und ich habe es schließlich auch überlebt.»

«Wir müssen etwas unternehmen. Vielleicht, vielleicht brennen wir einfach die Wohnung ab! Ein Tannenbaumbrand! Passiert doch jedes Jahr, immer wieder!»

«Untersteh dich! Das ist meine Wohnung. Ich spiele zwar diese Komödie für dich mit, aber ich habe dir keine Garantie gegeben, daß das nicht irgendwann auffliegt.»

«Ich bezahle den Schaden ja.»

Hildegard sah ihren Mann entgeistert an. Der hatte sie doch nicht mehr alle. «Ganz ruhig, Günther! Wir schaffen das, glaub mir. Die Welt geht davon bestimmt nicht unter.»

«Gott sei Dank, das ist sie!» Günther wollte an die Tür hechten, aber Hildegard hielt ihn zurück. Das war ihre Tür, ihre Wohnung, und da machte sie allein die Tür auf. Keine Schwiegermutter. Es war nur ihre Tochter Simone.

«Tut mir leid, daß es so spät geworden ist. Oops, ist ja noch keiner da? Wo ist Oma?»

«Kommt später», sagten Hildegard und Günther im Chor.

«Na dann, frohes Fest!» sagte Simone ahnungsvoll und küßte beide Eltern auf die Wangen.

«Das legen wir erst mal zu den anderen», sagte Günther, als seine Tochter ihm ein Geschenk in die Hand drückte.

«Die Bescherung findet aber ohne mich statt», erklärte Simone ihren Eltern. «Ich habe beschlossen, daß ich dieses Jahr mit Marco feiere. Irgendwann muß ich erwachsen werden.»

«Den hättest du aber doch mitbringen können», warf Günther ein.

«Ich kann nicht mein Leben lang Weihnachten mit den Eltern feiern, das ist unnatürlich!» behauptete Simone. Hildegard sah Günther an, dann ihre Tochter und schmunzelte nachdenklich. Simone machte Anstalten, sich gleich wieder aus dem Staub zu machen. «Grüßt mir die Oma, und sagt ihr, daß ich sie anrufe, ja?»

«Und deine Geschenke?» fragte Günther verdattert.

«Holen wir morgen!»

Günther schüttelte den Kopf und winkte seiner Tochter noch einmal nach. Dann war er wieder mit Hildegard allein. Seine Frau war nicht mehr besonders gesprächig. Sie dachte darüber nach, ob dieses ganze Theater wirklich notwendig war.

«Wenn meine Mutter nicht bald hier auftaucht ...», sagte er eine gute Stunde später verzweifelt.

«... dann bist du betrunken», vollendete Hildegard den Satz und schwenkte die leere Rotweinflasche.

Günther erstarrte. Obwohl er nur darauf gewartet hatte, daß es endlich an der Tür klingelte, war er nicht wirklich darauf gefaßt gewesen.

«Wenn das Hans ist, schickst du ihn sofort wieder weg!»

Hildegard winkte ab. Es war nicht Hans.

«Wie schön», rief Hildegard und umarmte ihre Schwiegermutter. «Wo ist Sven? Hat er dich nicht abgeholt?»

«O doch, ja. Er läßt sich entschuldigen, ein Kollege ist krank geworden, und ein Blinddarm wartet auf ihn.»

Hildegard zuckte mit den Achseln. «Na dann. Frohes Fest, Mutter! Vielleicht einen kleinen Sekt zum Einstimmen?»

«Da sag ich nicht nein!»

Günther schenkte den Sekt ein und verteilte die Gläser.

«Auf...», Günther zögerte, «... auf das Fest der Liebe im Kreise der Familie.»

Hildegard ließ ihr Glas sinken. Nun übertrieb Günther aber wirklich. Hildegards Zögern fiel den anderen nicht auf, weil in diesem Moment auch Günther und die Schwiegermutter ihre Gläser wieder sinken ließen. In der Tür zum Wohnzimmer stand Hans. Ein klein wenig angetrunken vielleicht.

«Das ist Herr ... Herr Gassner ... ein Kollege aus der Firma», stammelte Hildegard.

«Dormhagen. Die Mutter von Günther», stellte sich die Schwiegermutter freundlich selbst vor. Sie schien gar nicht mitbekommen zu haben, daß Hans einen Schlüssel für die Wohnung haben mußte. Wie sollte er wohl sonst hereingekommen sein?

«Sehr angenehm», stimmte Hans in die Komödie ein. «Dann sind Sie wohl Hildegards teurer Gatte.»

«Ge... gewissermaßen, ja», stotterte Günther, fing sich dann aber schnell wieder. «Und Sie sind der Mann, den Hildegard nicht allein Weihnachten feiern lassen wollte?»

«Genau der», erklärte Hildegard. «Vielleicht bietest du unserem Gast auch ein Glas Sekt an?!»

«Ja, sicher, sofort!»

«Weihnachten sollte keiner allein bleiben», erklärte Großmutter Dormhagen schmunzelnd.

«Das finde ich auch», stimmte Hildegard ihr zu und fand plötzlich Gefallen an der Situation.

«Eigentlich bin ich ja nicht allein, Frau Dormhagen. Ich habe nämlich eine Geliebte. Seit zwei Jahren. Aber Weihnachten feiert sie immer mit ihrem Ex-Mann und ihrer Schwiegermutter.» Es half nichts, daß Günther ihm auf den Fuß trat.

Hans war nicht mehr zu bremsen. «Da machen die dann auf heile Familie. Unglaublich, nicht wahr? Finden Sie so was in Ordnung, gnädige Frau?»

Günther griff zum Äußersten, um den Kerl zu stoppen. Plump verschüttete er seinen Sekt über Hans' Ärmel.

«Oh, Verzeihung! Das tut mir wirklich leid. Nur gut, daß Sekt keine Flecken macht!»

«Na, wenn er keine Flecken macht», sagte Hans und schüttete ihm sein Glas über den schönen Anzug.

«Herr Gassner!» rief Günther drohend. «Das war doch Absicht!»

«Warum sollte ich Sie wohl mit Sekt begießen wollen, Herr Dormhagen!?»

«Weil ... weil ...!» Günther suchte nach einer Antwort. «Aber die Rechnung der Reinigung schicke ich Ihnen!»

«Ja, wenn Sie meine Adresse haben?»

«Meine Herren!» rief die Schwiegermutter beruhigend dazwischen und schien sich gut zu amüsieren.

«Laß sie!» sagte Hildegard gelassen.

«Hildegard, das ist zwar deine Wohnung. Aber ich muß mich von deinen Gästen ...», empörte sich Günther.

«Der Baum ist ja noch gar nicht angezündet», unterbrach ihn Hans fröhlich und fischte ein Feuerzeug aus der Tasche.

«Unterstehen Sie sich! Das ist mein Baum, den habe ich gekauft, Herr Hans.»

«Und er steht in meiner Wohnung!»

«Das ist immer noch meine Wohnung!» rief Hildegard energisch dazwischen. «Und ich wäre den Herren sehr dankbar, wenn sie ihre Meinungsverschiedenheiten woanders austragen würden.»

Die Schwiegermutter nippte breit grinsend an ihrem Sektglas.

«Bitte?!» riefen Hans und Günther wundersam vereint.

«Raus hier, sag ich. Dieses ganze Theater steht mir bis hier!»

«Aber Hildegard!»

«Du hast doch gehört, was sie gesagt hat, Günther!»

«Das gilt auch für dich!»

«Verschwindet jetzt endlich, alle!» forderte Hildegard die beiden Streithähne energisch auf.

«Ich auch?» fragte die Schwiegermutter.

«Ach was, Mutter. Du kannst natürlich bleiben, so lange du willst.» Hildegard begleitete die beiden Männer unter deren lautem Protest zur Tür.

«Wollen wir jetzt essen, Mutter?»

«Vielen Dank, aber ich glaube, ich muß meinen Sohn von der Straße auflesen. Ich kann ihn ja kaum an Heiligabend mit seinem Kummer da draußen ziellos umherirren lassen.»

«Es tut mir leid, Mutter, aber …»

«Ach, hör schon auf. Hast du im Ernst geglaubt, ich wüßte nicht, daß ihr euch vor zwei Jahren getrennt habt? Ich war es nur langsam leid, auf eine offizielle Verlautbarung von euch zu warten. Darum bin ich heute so spät gekommen. Die Kinder haben mir doch längst alles erzählt. Auch, wie das Weihnachten läuft. Was glaubst du wohl, warum die heute keine Zeit hatten?»

«Ach?»

«Tja, außerdem dachte ich, bei der Gelegenheit könnte ich auch gleich mal deinen Neuen kennenlernen.»

«Na, ich denke, das hat sich seit heute abend erledigt.»

«Kindchen, Kindchen. Weihnachten ist der Prüfstein jeder Ehe. Das kannst du mir glauben. Von wegen Fest der Liebe!»

«Aber das ist es doch!»

«So lange genug Liebe da ist, vielleicht. So, ich muß jetzt aber wirklich los. Nicht, daß mein Günther noch in eine Schlägerei verwickelt wird und Heiligabend in einer Zelle landet.»

Die Schwiegermutter lächelte ihr blinzelnd zu und nahm ihre Sachen von der Garderobe.

«Schade, gerade jetzt, wo es endlich hätte gemütlich werden können.»

Hildegard hatte keine Ahnung, was sie mit dem angebrochenen Abend anfangen sollte. Eine halbe Stunde hatte sie unentschlossen auf den gedeckten, aber leeren Tisch gestarrt. Dann war ihr Herr Basler eingefallen, der im Atlantic am Klavier hockte und vermutlich mühsam versuchte, die Stimmung zu heben. Als sie in der Bar eintraf, hatte er gerade ein melancholisches Stück von Earl Hines zu Ende gespielt. Hildegard trat unbemerkt von hinten an den Flügel heran. Sie schob ihm ein Glas Champagner zu und sagte mit einem hintergründigen Zwinkern in den Augen: «Neues Spiel, neues Glück!»

Grundlage für diese Geschichten sind folgende Drehbücher:

«Alle Jahre wieder»: Drehbuch unter dem Titel «O du Fröhliche» von Urs Eplinius, Juni 1994

«Der Sonntagsausflug»: Drehbuch unter dem Titel «Kein verlorener Tag» von Urs Eplinius, Aspekt Telefilm, 1996

«Auf und ab»: Drehbuch von Ralf Gregan, Aspekt Telefilm, 1997

«Mensch Mutter»: Drehbuch unter dem Titel «Liebe Mutter» von Friedemann Schulz

«Endlich Urlaub»: Drehbuch von Kelly Hopkins, 1996

«Der Wasserhahn»: Drehbuch von Urs Eplinius, Aspekt Telefilm, 1995

«Ab nach Rio»: Drehbuch von Detlef Michel, Verlag der Autoren, 1994, überarbeitet von Stephan Meyer, 1994

«Advent, Advent»: Drehbuch von Kelly Hopkins, 1996

«Frohes Fest»: Drehbuch von Detlef Michel, Verlag der Autoren, 1995, überarbeitet von Stephan Meyer